注意
CAUTION
この先ダンジョン
木嶋隆太
illust motto
I was helping my sister with stream in dungeon
here's the result of me inadvertently outwitting an S-ranked monster!
LIVE
妹の迷宮配信を手伝っていた俺が、
うっかりSランクモンスター相手に
無双した結果がこちらです

「お、お兄ちゃん……
バズってるよ……！」

「おいこら！麻耶に何しようとしてんだこのクソドラゴンが！」

〈草！〉

〈お兄ちゃんやばすぎwww〉

〈強すぎだろこのお兄ちゃん！？〉

〈なんだこのイカレたジャパニーズは！？〉

気づけば、視聴者が増えまくっていた。

私の過去最高が5000人ほどだったのに今は……　10000、20000まだまだ増えていく！

まるでお兄ちゃんの戦闘力のようにとどまるところを知らない。日本語だけじゃない、英語とかよく分からない言語までも増えている！

● LIVE

CHARACTER

（配信名:神宮寺リンネ）

三中《みなか》 凛音《りんね》

冒険者学園に通いながら、迷宮攻略配信者としても活動中。迅の指導を受けてからメキメキ実力を伸ばす。

兄

鈴田《すずた》 迅《じん》

可愛い妹のためなら何でもする冒険者（ニート）。実はとんでもない実力者で、人類未踏破階層の迷宮ボスもワンパン。

（配信名:マヤ）

鈴田《すずた》 麻耶《まや》

迅の妹。事務所に所属し迷宮攻略配信者として活動している。元気可愛い、迅のストーキングも気にしない良い子。

配信名:至宝ルカ

花峰《はなみね》 流花《るか》

麻耶と同じ事務所に所属する人気迷宮攻略配信者。あまり感情を表に出さないタイプだが、迅にピンチを救ってもらい意識しまくるように。

霧崎《きりさき》 奈々《なな》

迅と麻耶のマネージャー。しっかり者で仕事もバッチリこなすが、酒豪の一面も。迅の非常識ぶりに頭を悩ます日々。

「つ、つまり……ま、麻耶ちゃんみたいに
大事ってこと？」

「……私は皆を守れる
冒険者になりたかったんですよね」

● LIVE ❚❚ ▶❘

CONTENTS

I was helping my sister with stream in dungeon here's the result of me inadvertently outwitting an S-ranked monster!

Author:
Ryuta Kijima

Illustration:
motto

Design:
Kai Sugiyama

妹の迷宮配信を手伝っていた俺が、うっかりSランクモンスター相手に無双した結果がこちらです

木嶋隆太

角川スニーカー文庫

24054

Illustration：motto
Design Work：杉山　絵

プロローグ

「お兄ちゃん！　今日って迷宮に行くことってできる？」

世界一可愛《かわい》い俺の妹である麻耶《まや》から、そんなことを聞かれた。

迷宮。その入り口は小山のようになっていて、中には様々な魔物がいる。中の空間は草原があったり海があったりと不可思議な場所であり、様々な研究がされているのだが現在もその存在には謎も多かった。

そんな迷宮が出現したのは今から数十年前だ。

突然、世界のあちこちに出現し、当時の人々を困惑させることになった。

だが、同時に迷宮から得られる恩恵も多く、人々の困惑は喜び、期待へと変化していった。

迷宮の魔物がドロップするアイテムによって、新たなエネルギーや技術の実現が可能になり、そして——人々は魔法という超常的な力を覚醒させた。

「また迷宮配信か？」

「うん。お兄ちゃんが行けるならカメラマンお願いしようかなーって思ったんだけど

「……」

「もちろん大丈夫だっ。麻耶の頼みならどんな用事よりも優先するからな！」

「いやさすがに大事な用事があったらそっち優先してね」

むっと頰《ほお》を膨らませてこちらを見てくる麻耶。

麻耶を怒らせてしまった……っ。

「あ、ああ。大丈夫だ、今日は一日暇だからっ！」

誤解させないよう必死に俺が叫ぶと、麻耶は柔らかな表情を浮かべる。

「ほんと？　それなら良かったぁ。お兄ちゃん！　大好き！」

麻耶が笑顔とともに抱きついてくる。大好き……大好き……。

脳内で麻耶の言葉を反復しながら、俺は彼女を抱きとめる。

本当に麻耶は世界一可愛い妹だ。

「お兄ちゃん。配信なんだけど今日の放課後からだからいつものように『黒竜の迷宮』に集合でいいかな？」

「ああ、いいぞ」

俺の妹であり、世界一可愛い天使な麻耶は笑顔とともに学校へと向かっていった。

麻耶を見送った俺は軽く伸びをしながら、彼女が管理している配信チャンネルのページを開いた。

迷宮が現れ、冒険者という職業が当たり前になった現在。

冒険者たちは迷宮での戦闘などを配信する人が増えていた。

迷宮攻略配信者。

冒険者たちが迷宮を攻略している様子を配信する動画は世界的な人気コンテンツだった。

最近では、テレビなどでもその様子が取り上げられるほどまでとなり、それらを見て多くの人が楽しんでいるというわけだ。

妹の麻耶もまた、配信者の一人としてその道を歩んでいるところだった。

とはいえ、まだまだ麻耶は駆け出しの冒険者だ。

もちろん、お兄ちゃんは世界で一番目のマヤチャンネルのファンである。

今日も一日中暇な俺は、マヤチャンネルの配信を振り返るのだ。

現在、麻耶は事務所に所属して配信活動を行っている。

事務所に関して、詳しくは知らない。まあ、麻耶の他にも学生の配信者が多く所属しているらしく、仲良く楽しくやれているそうだ。

麻耶が楽しく笑顔で生きていられるのなら、お兄ちゃんとしては何だっていいのだ。

「皆ー、こんにちはー！　今日は迷宮からの配信です！」

俺は言われた通りカメラマンとなり、麻耶を映していた。

〈マヤちゃん、今日も可愛いな〉

〈ココアちゃん気を付けてな？　この前配信中に事故起こした冒険者もいるからな……〉

〈命があるだけまだ良かったよ〉

〈今も治療中なんだろ？〉

麻耶の腕には、配信用の時計のようなものがつけられており、そこからはゲームでよく見るウィンドウが出現していて、麻耶はそこでコメントを確認している。

これは現代の配信者には必須レベルのアイテムと言われている、ウォッチャーという配信道具だ。

スマホなどと連携することで、そこに映し出されている。

……まあ、ぶっちゃけるとコメントを見るためというよりは、映像などを見るために使う人の方が多い。

迷宮が発見された現代では、迷宮から得られた素材などを活用し、いくつかの技術革新が起きていたが、俺がもっとも身近に感じているのはこれだ。

ＡＲ技術と３Ｄホログラムなどを使用したものらしいが、俺も詳しいことは分からない。

麻耶がコメントを見ながら楽しく活動しているので、あとは別になんでもいいのだ。

俺は自分のスマホで麻耶の配信ページを開き、コメントの様子を眺めていると麻耶が心配そうな表情を浮かべた。

「ココアさん……別の事務所の人だけど、私も見たことあるからね」

今の時代、冒険者として配信している人は多くいる。

……ただ、それだけ多くの事故も起きてしまっている。

やはり、迷宮は危険な場所なのだ。

〈マヤちゃんは護衛とか雇ってないのか？　事務所にも冒険者活動してる人いるよな？〉

「大丈夫です！　本日のカメラマンはお兄ちゃんにお願いしてますから！」

〈おお、お兄さんか〉

〈冒険者やってるんだっけ？〉

〈頼むから危険なことだけはしないでくれよマヤちゃん〉

「お兄ちゃん、ちゃんと映ってる？」

俺は指で丸を作り、麻耶も笑顔とともに真似《まね》するように丸を作った。

「大丈夫みたいです。それじゃあ、早速迷宮に潜っていきましょう！」

〈ここって黒竜の迷宮だったっけ？〉

「そうそう」

〈Sランク迷宮だよな？　大丈夫なのか？〉

「低階層はGランク迷宮相当の魔物しか出ないからね。大丈夫だよ」

そう言って麻耶は短剣の柄《つか》に手を伸ばしながら、迷宮攻略を開始する。

黒竜の迷宮は階層ごとに魔物が段階的に強くなっていく。だから、麻耶が言う通り低階層ではそれほど大きな心配はない。

すでに何度か入ったことのある麻耶は、すいすいと魔物を倒していく。

〈マヤちゃん、動き軽やかだね〉

〈さすがだな〉

〈マヤちゃん、今日もカワイイです〉

「えへへー、お兄ちゃん直伝だからね」

天国の父さん、母さん。

今日もあなたたちの娘は天使です。

ピースを作る麻耶に癒やされていたときだった。

REC
W
T

麻耶が踏み出した先の地面に、魔法陣が浮かび上がる。

「えっ？」

……トラップか⁉　迷宮には時々トラップがあるのだが、まさか1階層で出現するなんて――。

慣れ親しんだ迷宮で、トラップと今まで遭遇したことがなかったため、油断した。

すぐに麻耶を助けるために駆け出し、手を伸ばす。

〈トラップだ！〉

〈マヤちゃんすぐ逃げて！〉

麻耶の手を摑《つか》んだが、その瞬間彼女の姿が消える。

転移系のトラップだ。これは他の階層に対象者を転移させるものだ。

すぐに俺も後を追うようにして、そのトラップへと踏み込んだ。


俺が目を開けると同時、麻耶の悲鳴にも似た声が聞こえた。

「お兄ちゃん！　あ、あれ……！」

がたがたと顔を青ざめさせて震える麻耶から視線をちらっとそちらに向けると、黒竜が、眼前にいた。

この迷宮が黒竜の迷宮と呼ばれているのは、95階層に出現する魔物が黒竜だからだ。

そして、現在の攻略階層は94階層。

だというのに、黒竜の存在が知られているのは――95階層に挑戦した配信者のSランクパーティーが全滅したからだ。

「ガアア！」

黒竜が咆哮《ほうこう》をあげると同時。尻尾《しっぽ》が振り下ろされた。

圧倒的な迫力とともに、凄《すさ》まじい風圧が襲い掛かる。

その一撃を見て、俺は麻耶の体を突き飛ばし、尻尾に叩《たた》きつけられた。


――私のせいだ。

お兄ちゃんに突き飛ばされた私は、同時に投げ出されたスマホとともに目の前でお兄ちゃんが黒竜に潰されるのを、ただ黙って見ていることしかできなかった。

〈マヤちゃん！　早く逃げて！〉

〈なんとか別の階層に繋《つな》がる階段まで行くんだ！〉

〈すぐ逃げろ！〉

〈お兄さんの死を無駄にするんじゃない！〉

〈階段まで行けば魔物は入ってこれない！〉

〈走れ！　早く！〉

〈嫌だよ！　マヤちゃんが死ぬところ見たくない！〉

そんなコメントが流れていく。

だけど、私の足に……力は入ってくれない。

──お兄ちゃんに、恩返しがしたかっただけなのに。

──十年前。

発生した迷宮から魔物が溢《あふ》れ出し、それによって仕事中だった私の両親は……死んでしまった。

当時の私はまだ6歳で、お兄ちゃんは16歳……高校一年生だった。

……そんな私を、お兄ちゃんは必死に育ててくれた。

周りで手を差し出してくれる人がいない中、お兄ちゃんは高校を辞めて冒険者になって、危険な思いをきっとたくさんして……それで私が今まで通りの生活が送れるように、頑張って育ててくれた。

そのお兄ちゃんに、少しでも恩返しがしたいと思って……中学のときから配信活動を始めた。

そんなに才能のある私じゃなかったけど、少しずつ視聴者も増えていた。

……今では、普通の社会人くらいには稼げるようになって、これからお兄ちゃんにもっと恩返しをしていこうと思っていたのに。

——でも、結局私はまたお兄ちゃんに迷惑をかけたんだ。

〈マヤちゃん！　すぐ逃げて！〉

〈おいこれ誰か助けに行けよ！　マヤちゃんが死ぬんだぞ！〉

〈無理に決まってんだろ!?　黒竜にはあの伝説の冒険者パーティーだって勝てなかったんだぞ!?〉

〈黒竜が出るのは95階層……。挑戦者が全滅させられたから、攻略階層が94階層になったんだよ……〉

〈どうするんだよ！　誰かなんとかしろよ！〉

……逃げなければいけない。

でも、逃げ切れたとして……その先に何があるんだろう。

もう、お兄ちゃんもいない。

それなら……生きていたって――。

「ガアア！」

黒竜が咆哮をあげながら、こちらへブレスを吐こうと構える。

……集まる炎。

あれに飲み込まれれば、きっと私は痛みさえも感じる間もなく死ぬことになるだろう。

「お兄ちゃん……ごめんなさい……」

「おいこら！　麻耶に何しようとしてんだこのクソドラゴンが！」

そのときだった。

聞きなれた声が聞こえた。

今まさにブレスを放とうとした黒竜が吹き飛んだ。ブレスは私に当たることなく、天井へと当たり、凄まじい熱風が肌を撫《な》でる。

「おい麻耶無事か⁉　怪我《けが》ないか⁉」

「う、うん……！　お、お兄ちゃんこそ大丈夫なの⁉」

「え？　ああ、あのくらいなら別にな。それよりちょっと待ってろ！　すぐぶっ倒してまた1階層に戻って配信できるようにするからな！　ほんとすまん！　麻耶の可愛《かわい》さに見とれてトラップ見逃しちゃった！」

てへ、とばかりに舌を出すお兄ちゃん。

いつもの家でのお兄ちゃんだ。

〈え？　何がどうなってるんだ!?〉

〈いま黒竜殴り飛ばさなかったかこのお兄ちゃん？〉

〈いやいや、そんなわけないだろ？〉

〈ていうか、潰されたのになんで生きてるんだ？〉

〈どういうことだってばよ……〉

「ガアアア！」

「おいうっせぇぞクソドラゴン！　今麻耶と話してんだよ！　それじゃあ麻耶、そこから動くなよ。んじゃちょっと行ってくるから」

お兄ちゃんは笑顔とともに手を振ると、黒竜へと向かっていった。

〈は？　へ？〉

〈何が起きてんだ……？〉

〈コンビニにでも行くようなテンションで草〉

黒竜が翼を広げて浮かび上がると、お兄ちゃんも宙へと跳んだ。

お兄ちゃんはそれから、空気を固め、それを足場に空中を移動する。

……お兄ちゃんは無属性魔法の才能しかなくて、できることは身体強化と魔力凝固くらいだ。

その魔力凝固を使って、お兄ちゃんは足場を作っているんだ……と思う。

何度か指導をしてもらったから、理論は分かっている。……私は苦手であまりできないけど。

お兄ちゃんは一瞬で足場を固めて踏みつけ、黒竜へと接近する。

「ハッ！　おらおらどうした⁉　飛んで有利にでもなったつもりかよ！」

……お兄ちゃん。

戦っているときのお兄ちゃんはちょっとねじが外れちゃう。

それが……かっこよくもあるんだけど。

Gランク迷宮で戦闘訓練を受けたときも、お兄ちゃんは結構強かった。でもまあ、Gランク迷宮だしと思っていた。

そういえば、私お兄ちゃんの冒険者活動について詳しく知らない。

でもかっこいいから……今はそのかっこよさを少しでもカメラに収めないと。

黒竜を完全に翻弄し、隙だらけとなったその頭をお兄ちゃんは、

「おらよ！　いつまでも飛んでんじゃねぇぞ！　麻耶が首痛めたらどうするつもりだ

よ！」

殴りつけた。

最初の尻尾の一撃への仕返しとばかりに、黒竜は地面へと叩きつけられた。

……よろよろと起き上がり、再び飛ぼうとした黒竜の翼へと着地したお兄ちゃんが、その翼に手をかける。

「はいはーい！　また飛ぼうとした悪い翼にはお仕置きだ。花占いするぞ……！　好きー嫌いーはい、嫌いー！」

花占いの要領で黒竜の翼をもいだお兄ちゃんは、その翼をバットのように使って黒竜を殴り飛ばした。

翼をぽいっと捨てると、それは霧のように消えていく。

魔物は霧によって形成される。その部位破壊をしても同じように消えてしまう。

〈草！〉

〈お兄ちゃんやばすぎｗｗｗ〉

〈強すぎだろこのお兄ちゃん!?〉

〈なんだこのイカレたジャパニーズは!?〉

気づけば、視聴者が増えまくっていた。

私の過去最高が５０００人ほどだったのに今は……１００００、２００００……まだまだ増えていく！

まるでお兄ちゃんの戦闘力のようにとどまるところを知らない。日本語だけじゃない、英語とかよく分からない言語のコメントまでも増えている！

「お、お兄ちゃん……私……今バズってるよ……！」

〈バズってるのはお兄ちゃんだぞ〉

〈マヤちゃん、しっかりカメラには収めてて草〉

〈配信者魂なのかねｗ〉

すっかり、コメント欄は落ち着きを取り戻していた。

それほどまでに、お兄ちゃんは黒竜を圧倒していた。

黒竜がよろよろと起き上がると、突進する。

それをお兄ちゃんは突き出した右手で摑《つか》み、地面に叩きつけた。

「おらおらどうした⁉　力比べは苦手競技か？　なら次は綱引きだ！　綱はおまえの尻尾だけどなァ！」

叫んだお兄ちゃんは、黒竜の背後へと跳躍するとその尻尾を引っ張り、引きちぎった。

黒竜に表情はないと思っていた。

だが、その顔は明らかに恐怖していた。

その黒竜へお兄ちゃんが迫り、そして。

「よくも麻耶に怖い思いさせやがったな！　死んどけクソドラゴンが！」

「ガ、アアアア！」

黒竜は最後の一撃とばかりにブレスを放とうと口を開いたが、それより先にお兄ちゃんの拳がめり込み、首が九十度に曲がってへし折れた。

黒竜は立ち上がることなく、出てきたときのような霧となって消えていく。

「よし……麻耶。ボスモンスターぶっ倒したからそこの転移石で移動できるようになったはずだ。これで、1階層に戻ってまた配信できるぞ」

「お、お兄ちゃん……もう今更1階層の配信はできないよ」

「え？　なんで？」

「……お、お兄ちゃんの配信が凄《すご》すぎて……」

「え？　まさかまだ配信続いてるのか⁉」

「う、うん」

「……ま、麻耶だよー！　黒竜倒したよー！」

私の背後に回ったお兄ちゃんは、裏声でまったく似てない私の物真似《ものまね》をして、炎上した。

第一章　なんかバズったらしい

麻耶《まや》の配信を……無事終えた次の日の朝だった。

麻耶のスマホには四六時中、様々な通知が来ているそうだ。

原因は――俺だ。

そのスマホをテーブルに置いて、俺と麻耶は向かい合うように座っていた。

「麻耶。こういう場合はどうすればいいんだ？」

麻耶のスマホに来ている通知は、Ｔｗｏｔｔｅｒ《ツウォッター》からのものだ。

なんでも、昨日の配信の後からずっとこんな感じなのだそうだ。

「私も分からないよ。だって、普通じゃないくらいバズってるんだもん……」

あの黒竜を討伐できる冒険者は、少なくとも日本にはいなかった。

そのせいか、昨日はマヤチャンネルがＴｗｏｔｔｅｒのトレンド一位をかっさらったし、今もなおあの戦闘シーンなどがあちこちで拡散されているのだとか。

現在、「黒竜の迷宮」の最高攻略階層を更新することが、日本の冒険者たちにとっての目標の一つだったらしい。

俺は100階層まで潜ったことがあるんだが、そんなことをここで公開すればさらに注目されることになるのだろう。

「とりあえずバズってよかったな！　麻耶の可愛《かわい》さなら世界に通用すると思ってたぞ！」

俺としては、マヤチャンネルの宣伝にはなっているので良しという気分なのだが、麻耶は苦笑する。

「でも、バズったのお兄ちゃんだよ。私何もしてないよ！　でもどんどん私のチャンネルの登録者数増えてくよ！　十九万人突破しちゃったよ！」

元々マヤチャンネルの登録者数は十万人だった。

昨日のバズりでそれが倍近くまで伸びたのは、喜ばしい限りだ。

「おお、凄い！　やったな麻耶！」

「最新のコメント全部、お兄ちゃんの戦闘から来ましただよ！　いや、まあ私の自慢のお兄ちゃんが注目されるのはいいんだけど、これもう私のチャンネル乗っ取られてない？」

「いや麻耶は十万人のファンがいるだろ!?　仮に十九万人のうち九万人が俺の戦闘を見て登録したとしてだ。十万人は麻耶のファン……そうだろ？」

「はい、二十万人突破ぁ！　まだまだ増えてるよお兄ちゃん！」

「麻耶の可愛さにつられているんだって。誰が27歳の平々凡々な男性の戦闘目当てで登録するんだ？」

「それがこんなにいるから、こんなことになってるんだって！」

きっかけは俺だとしても麻耶の配信を見ていればきっといつかはファンになるだろう。

麻耶はトークもできるし、何より可愛い。可愛いは正義だ。

とりあえず麻耶が作ってくれた朝食に手をつけようとすると、麻耶のスマホが震えた。

電話のようだ。

俺は気にせずパクパクと朝食を味わっていると、麻耶の視線がちらちらとこちらを向く。

「は、はい……お兄ちゃんが……はい。えっと、話したいことがある、ですか？」

何やら俺のことが出てきている。

……一体誰から何の話だ？

俺が困惑していると、麻耶は電話を切った。

「お兄ちゃんって今日用事ある？」

今日は土曜日。

冒険者として生活費を稼いでいる俺に、決まった休日もなければ仕事の日もない。

つまり年中休み。

しいて予定をあげるなら、麻耶の推し活くらいである。

「なんかあったのか？　麻耶に迷惑かけてるやつがいるならお兄ちゃんががつんと言ってやるからな？」

「大丈夫だよ。私のマネージャーさんが昨日の配信について話があるってことで……お兄ちゃんにも相談したいことがあるみたいだから、一緒に事務所行けないかなって思って」

「つまるところ……デートってこと？」

「どこにどうつまったかは分からないけど、そうかな？」

「もちろん行くに決まってる」

俺が喜んでいると麻耶もほっとしたように息を吐く。

「それじゃあ、ご飯食べ終わったら事務所行こっか！」

俺はこくりと頷《うなず》いて、朝食を終えると麻耶とともに家を出た。


特に深く考えていなかったが……俺が事務所に呼び出されたのって謝罪しろということでは？

……麻耶の配信のペースや日付、頻度などはすべて麻耶のマネージャーが管理している。

なんでも、事務所所属の他の配信者と日程などがあまり被《かぶ》らないようにしているそうで、配信に関しては結構綿密な計画が立てられているんだよな。

俺は麻耶以外興味ないので、……マヤチャンネルの配信をぶっ壊してしまった俺に、謝罪を要求してくる可能性は高いよな……。

……向こうに着いたら、まず土下座から入ったほうがいいか？

ていうか、そもそも部屋着に近い私服で来てしまったが……これもまずいか？

もう少しぴしっとした服装のほうが良かったかもしれない。

そんなことを考えながら、俺は麻耶とともに事務所へとやってきた。

「リトルガーデン」。麻耶とその他女性配信者が所属している事務所、だったはず。

麻耶が時々事務所の他の人とコラボしていたので、なんとなーくは知っている。

ただ、麻耶以外の人にはまったく興味ないけど。

「お兄ちゃんって来るの二回目だよね？」

「そうだな」

昔、麻耶が事務所に所属する際に俺も同行して話は聞いた。

麻耶はまだ未成年なので、保護者の許可が必要らしいのだ。

両親は昔迷宮の事故に巻き込まれて死んでしまったので、当時成人していた俺が一緒に事務所で話を聞いたのだ。

それ以来だから二年ぶりくらいだろうな。

麻耶は時々事務所に来ているそうで、慣れた様子で入り口から入った。

ビルの六階、七階が「リトルガーデン」のオフィスらしい。

六階の受付に向かうと、すでにそこにはスーツ姿でぴっしりと決めた女性が待っていた。

「マネージャーさん。お久しぶりです」

「はい、麻耶さん。お久しぶりです。それと、お兄さんも……お久しぶりですね」

その女性は……たぶん、俺が二年前に事務所に来たときに詳しい話をしてくれた人だ。

名前は確か……。

「お久しぶりですね。大崎《おおさき》さん」

「霧崎《きりさき》です。霧崎」

「そういう読み方も、ありましたね」

「それしかありませんよ」

小さくため息をついた霧崎さんに、俺はその場で土下座した。

「お、お兄さん⁉」

「お兄ちゃん⁉」

「すみませんでした！　麻耶は悪くないんです！　配信に関してはイレギュラーに巻き込

まれたからなんです！　俺の責任です！　だから怒るなら俺にしてください……っ」

「い、いや顔上げてください！　ほ、ほら他の人にも見られてますから！　それに今回は叱りつけるために呼んだわけではありませんから」

「そうなんですか？　……土下座損ですね」

「それ本人の前ではっきり言います？」

「すみません。次からは聞こえないように言いますね」

「それ聞いたらもう謝罪すべてが嘘《うそ》にしか聞こえなくなるんですが」

「気にしないでください。それじゃあ、他にどんな用事があって俺を呼んだんですか？」

謝罪以外で呼びつけられる理由が思いつかないんだよな。

「……そうですね。今回の配信で……ご存知の通り、マヤチャンネルは非常にバズっています。いや、バズるどころの話じゃないんですよね。今朝のニュース見ました？」

「うち、テレビ置いてないんですよね……」

「まあ、そういう家庭も今どきは多いですよね。……今朝のニュース。だいたいお兄さんの話題だったんですよ？」

「は？　……なんで？」

「いや、黒竜倒したからじゃないですか。……知っていますか？　日本のトップギルドの一つである『雷豪』が黒竜討伐のために準備を進めていたんですよ？　毎週その様子を追ったドキュメンタリー番組が放送されていたくらいなんですからね。それを、ソロで、あんなあっさりと討伐したんですから……そりゃあ注目集めますよ」

「……あいつってそんな強いの？」

俺が麻耶に問いかけると、霧崎さんも麻耶に問いかけた。

「……あの、麻耶さん。お兄さんって常識ありませんか？」

「ないですよ。でも、それがお兄ちゃんの魅力です」

「……」

ぐっと親指を立てる麻耶に、霧崎さんは頭を抱えていた。

「……とにかくです。お兄さんを呼んだ理由について簡単に話していきますね。まず、先ほどのニュースの件です。お兄さんに関しての問い合わせが死ぬほど来ています。テレビ局はもちろん、ギルドや冒険者協会からもです。あの人は何者だ、あの人と話す時間を作ってくれ、と」

「お兄ちゃん、人気者だね」

「いや、俺別に麻耶以外から人気出ても嫌なんだけど」

「それなら大丈夫。お兄ちゃんは私の一番だからね」

「そうかそうか!」

「あの、話進まないんで、割り込まないでくれます？」

……霧崎さんが結構本気で睨《にら》みつけてくるので、俺と麻耶はしゅんと小さくなる。

咳《せき》ばらいを一つしてから、霧崎さんが続ける。

「……そういった対応に関して、そもそもうちはお兄さんとは関係がありません。ですが、現実としてそう突っぱねてしまいますと、今度は恐らくお兄さんの自宅を特定して、情報を得ようとする人たちが出てくると思います」

「はあ、なるほど」

「そこで、です。……お兄さん、配信者に興味ありませんか？」

「ないです」

俺がきっぱりと拒絶した次の瞬間、

「お兄ちゃんが配信ってもしかして事務所に所属するの!?」

麻耶が、目を輝かせながら問いかける。

「そうなりますね」

「お兄ちゃんやったね！　私と一緒だよ！」

「いやでもお兄ちゃん別に興味ないし、面倒《めんど》そうなんだけど……」

「私お兄ちゃんの配信してるところ見たい！」

「じゃあ、やる」

「いや、あなたの判断基準おかしくないですか？」

でもなぁ。

麻耶が見たいと言うのなら、俺にはやるという選択肢しかない。

「霧崎さんもやってほしいとは話してましたよね？　だったらいいじゃないですか」

「いやまあ……やってくれるならいいんですけどね？　……えーと、こちらとしても、事務所として対応していくことができます。本人が面会を望んでいない、あるいはインタビューを許可する……とかです。そういうわけで、うちの事務所に所属しませんか、と話をしようと思っていたんです」

それで、俺を呼び出したというわけか。

「ああなるほど。……確かに家まで来られたら適当に脅そうと思ってましたが、麻耶にまで凸られたら面倒ですよね」

「当たり前のように脅さないでください。……そうですね。わりと皆さん情報を知りたいようですので、お兄さんから発信していくのがいいかとこちらとしては思ったんです」

まあ俺としても麻耶に迷惑がかからないようになるのならなんでもいい。

俺が頷いていると、麻耶が思い出したように首を傾《かし》げる。

「……でも、お兄ちゃんって男だけど大丈夫ですか？」

「麻耶、もしかして過激な男女差別の思想に目覚めたのか？」

「いや違うよ。うちの事務所って所属してるの皆女の子なんだ。……その、視聴者もそういった層が多くて……男の人が入ると色々問題なんだよ」

「つまり、女装しろと？」

「性別は変わってないよねそれ」

「とれと？」

「とるの？」

「麻耶に頼まれれば……やるぞお姉ちゃんは！」

「もうとった気になってるね。いや、お兄ちゃんはお兄ちゃんのままでいいよ。マネージャーさん、大丈夫なんですか？」

麻耶が何かを心配するように霧崎さんに聞いている。

霧崎さんも、なぜか真剣な面持ちだ。

そんな気にするようなことなのか？

「そこについては……もちろん懸念しています。ですが、うちの事務所も事業規模を広げようと思っているんです。いずれは男性配信者も増やしていきたいので、最初がお兄さんなら、まあいいんじゃないかと」

「なんか適当じゃないですか？」

「いやもう、このくらいで接したほうが私の精神的にいいかと思いまして」

まあ我が家庭はノリと勢いを重視してきたからな。

早くもうちのノリに適応してくるあたり、霧崎さんは才能がある。

ただ、俺は一つ疑問が浮かぶ。

なぜ、そんなに男性配信者が増えることを警戒しているのだろうか？

「一つ思ったんですけど、別に男性が一人増えたところで対して変わらないんじゃないですか？」

「……それが、変わるんだよお兄ちゃん！」

「そうなのか？」

「視聴者たちは、男性配信者が増えるとそれだけ不安に感じちゃうんだよ。裏で実は繋《つな》がっているんじゃないか……とか」

「繋がってて何かあるのか？　別に視聴者と付き合ってるわけじゃないだろ？　あくまで

その配信が面白いから見てるんだろ？　別に裏で何があっても、配信のとき楽しければいいんじゃないのか？」

「いやそれはっきり言っちゃダメだよお兄ちゃん。じゃあ例えばお兄ちゃん。私が実は裏で事務所にいる職員の方と付き合ってる、かもしれないって思ったまま配信見れる？」

「おい、付き合ってるやついるのか⁉　呼んでこい！　お兄ちゃんと決闘だ！」

「いや例えばね」

「……例えばでも心臓に悪い例えはやめてくれ。結婚式の謝辞を考えそうになったじゃないか……」

「結婚認めてるねそれ。大丈夫だよ。今はそういう人いないから」

俺は安堵《あんど》の息を吐いた。全身から力が抜け落ち、その場に崩れ落ちそうなほどだ。

ただ、今の麻耶のおかげで少しだが気持ちは分かった。

「要は自分の推しを変な感情を持ったまま観《み》たくない、ってことだな？」

「さすがお兄ちゃん。男性配信者が増えると、それだけ皆不安になっちゃうんだよ。特にうちの事務所は所属している配信者同士のコラボも多いからね」

「でも職員に男性はいるよな？　そこらへんはいいのか？」

「……それ指摘されることってあんまりないよね？」

麻耶が可愛《かわい》く霧崎さんに問いかける。霧崎さんは、苦笑を浮かべている。

あるんだろうか？

「わりとありますよ。他の事務所ですが、男性マネージャーがついていたということで炎上したことがありますね」

「そんなのもあるんだ……」

麻耶は初めて聞いたという様子で話を聞いている。

俺も少し驚いた。

ていうか、そんな風に思われる可能性のあることを俺に任せるつもりなのだろうか？

「ふと思ったんですけど……事務所はもしかして俺を実験体にしようとしていませんかね？」

「別にそういったことはありません。……事務所としては、おそらく炎上はしないのではないかと思いまして」

「どういうことですか？」

「……今のあなたはそれだけ異質な立場、というわけです。どうでしょうか？　今麻耶さんのところにも届いている色々なメッセージに関しても、これで多少は落ち着くと思いますが」

「あー、それは麻耶に迷惑をかけていると思っていたんですよ。落ち着くならなんでもやりますよ」

「お、お兄ちゃん……ありがとう……っ。私、お兄ちゃんの配信絶対見るからね！」

「おう、任せろ。ばっちり麻耶のチャンネルを宣伝しておくからな！」

「……まあ、とにかくやってくれるということで分かりました。そのまま話を進めますのでよろしくお願いいたします」

「あっ、はい。お願いします」

「すぐに準備を始めますので、明日の二十時から配信を行うというのはどうでしょうか？」

「ああ、大丈夫です。任せてください」

「それでは、お願いします」

麻耶が喜んでいるのでよしとしよう。

迷宮配信者事務所「リトルガーデン」について語るスレ89

176：名無しの冒険者

おまえらおい、「リトルガーデン」から新しい冒険者がデビュー予定みたいだぞ

177：名無しの冒険者

マジかよ？　って、男……？

178：名無しの冒険者

は？　男かよ？　どうなってんだよ

179：名無しの冒険者

男に見えるように見えるだけの女疑惑はないのか？

180：名無しの冒険者

は？　は？　マジでふざけてんのか？

181：名無しの冒険者

絶対抗議するわ

182：名無しの冒険者

続報　デビューするのはマヤの兄らしい

183：名無しの冒険者

ファーｗｗｗ

184：名無しの冒険者

マジかｗ

１８５：名無しの冒険者
マヤちゃんの兄ってもしかして今騒がれているあの化け物お兄ちゃんか？

１８６：名無しの冒険者
草

１８７：名無しの冒険者
あのお兄ちゃんなら普通に見たいんだけど

１８８：名無しの冒険者
マヤの兄ってこの前の黒竜ぼこぼこにしたやつだろ？　あれ一部でやらせって言われてるけどどうなんだ？

１８９：名無しの冒険者
やらせの訳ないだろｗ

１９０：名無しの冒険者
あんな精巧な作りの黒竜がいるなら、そっちの技術のほうが知りたいわｗ

１９１：名無しの冒険者
じゃあ、なんであんな化け物級の力持った奴《やつ》がわざわざ配信なんてするんだよ？

あんだけ強かったら、別に配信で稼ぐ必要ないだろ⁇
192：名無しの冒険者
まあ配信活動って承認欲求とか満たせるし、そういうのもあるんじゃないのか？
193：名無しの冒険者
黒竜を素手で倒したと思ってるやつらｗｗｗ
情弱すぎんか？ｗ　あんなのどう見たって作り物じゃんｗ
第一黒竜一人で倒せるやつがわざわざ事務所に所属して配信活動なんかやらねぇよ
全部やらせの嘘嘘《うそ》
194：名無しの冒険者
そこら辺、お兄さんが深く考えてない可能性も十分あるけどな
195：名無しの冒険者
あの黒竜は紛れもない本物だろ
五大ギルドの「雷豪」も言ってるだろ？
196：名無しの冒険者
そうそう。ていうか、今も黒竜に全滅させられたパーティーの動画残ってるだろ？　見比べてみろよ

197：名無しの冒険者
でもなんでこのタイミングでデビューなんだ？
198：名無しの冒険者
最初にデビューって言ったやつ間違いだぞ
あくまで、「リトルガーデン」にマヤの兄に関する質問ばかりが届くからそれらに関して兄が答えるってだけ
配信者として正式にデビューするかは未定だって。公式ホームページに書かれてるぞ
199：名無しの冒険者
でも所属は「リトルガーデン」なんだろ？
200：名無しの冒険者
今後も配信するんじゃないか？
201：名無しの冒険者
それはわからんが、でも確かに「リトルガーデン」としては事務所所属の人としてのほうが対応しやすいもんな
202：名無しの冒険者
確かに、そういった雑務の処理をやらせるって考えれば事務所所属の理由も分かるな

２０３：名無しの冒険者
俺は絶対反対　男はいらん
２０４：名無しの冒険者
当日の配信で心へし折ってやるわ
２０５：名無しの冒険者
……まじで「リトルガーデン」のファンは一部やべーのいるよな
２０６：名無しの冒険者
アイドル売りしてる事務所にも問題があるんだよ
２０７：名無しの冒険者
ガチ恋勢は本気でやべぇからな
そう考えるとマヤチャンネルは比較的少ないほうだよな
２０８：名無しの冒険者
マヤちゃんが年がら年中お兄ちゃん、お兄ちゃんって話題に出しまくるからな……
２０９：名無しの冒険者
それがなければ、もっと伸びてるんだよなぁ

次の日。

俺は寝坊していた。

待ち合わせ時間までまだ余裕があるからと昼寝をしたのだが、アラームをつけ忘れてしまったのだ。

配信自体は二十時からなのだが、打ち合わせを十九時から行うという話だった。

打ち合わせ場所は、「リトルガーデン」の事務所だ。今日はそこで打ち合わせをしてから配信を行う予定なのだが……まあ、ギリギリ間に合うか。

俺はすぐに着替えて電車へと乗り込み、到着したのは十九時五十分。

「セーフですか？」

「アウトに決まってるじゃないですか」

頬《ほお》をひくつかせている霧崎さんに、俺は苦笑を返す。

「アディショナルタイムとかはない感じですか？」

「あるわけありませんよ……えーと、迅《じん》さんは……これまで仕事をした経験とかはありますか？」

「それって、アルバイトは含みますか？」

「ええ、まあ……一応、含みますね」

「なら、ないですね」

「今の質問意味ありました？　……とにかくです。無駄話をしている時間はありませんし、簡単に打ち合わせしましょう。……とりあえず、顔出しどうしますか？　一応お面をいくつか用意しましたが」

そう言って、霧崎さんがお面をいくつか見せてきた。

「お面つけたら暑そうなんで、嫌です」

「……じゃあ、顔出しでいきますか。どうせもうあちこちで公開されてますし」

……そうなんだよな。

この前のマヤチャンネルでのこともあり、俺のことはかなり話題になっている。

近所の人にもそれで声をかけられるくらいで、引っ越ししたい気持ちである。

「あとは……進行に関して、困ったことがあれば私が手伝いますのでいつでも頼ってください。一応、マヤチャンネルのほうでも何度かやっていますから」

「ああ、そうなんですね。聞いたことある声だと思ったらマネージャーさんだったんですね。めっちゃいい声ですよね」

「あっ、はい。ありがとうございます」

「麻耶には負けますけどね」

「……あなたにとっては本当に麻耶さんが一番なんですね。……とりあえず、困ったら私に振ってください。何とかしますから」

「分かりました。そんじゃ、ちょっとトイレ行ってきていいですか？」

「時間に間に合わせてくださいね……」

心配されなくても、大丈夫だ。

少しトイレに行って、途中にあった自販機で飲み物を購入してから戻る。

「あと一分ですよ！」

「まだ一分あるんですね」

「なんですか！　あなただけ時間軸が違うんですか⁉」

霧崎さんに無理やり引っ張られ、椅子に座らせられる。

結構いい椅子だ。くるくると椅子で回転していると、霧崎さんが声を荒らげる。

「始まりますから！　遊ばないでください！　子どもですか！」

おっと、どうやらもうそんな時間か。

部屋に置かれたカメラに視線を向ける。その奥にはモニターがあり、俺の配信している状況が映し出されている。

おお、マジで映ってるな。軽く手を振ってみる。

「カメラばっちし？」

「……すでに確認済みです。挨拶をお願いします」

霧崎さんがぼそりと言ってくる。

それと同時に、コメントも流れていく。

〈おお、来たか〉

〈マヤのお兄さんじゃん〉

〈いきなりなんだこいつは……〉

〈まるで自宅にいるみたいじゃん……〉

マヤチャンネル〈お兄ちゃん、始まってるよー〉

〈おっ、マヤちゃん来てるじゃん〉

〈いや、他の事務所の人たちも見てるぞ〉

〈ていうか、いきなりで一万人突破してるのやばいだろｗｗ〉

〈どんだけ注目集めてんだよｗ〉

〈あっさり登録者数一万人超えてるじゃねぇかｗ〉

流れていくコメントの中に、麻耶の名前を見つけ、俺は歓喜する。

「おお、麻耶！　見てくれてるのか！　あとはまあいいや。えーとどうも初めまして。マヤの兄の迅です。マヤチャンネルの一番のファンです。この下のＵＲＬをクリックしてくれればマヤチャンネルに行きますので、よろしくお願いしますーって感じで、マネージャーさん。画面の下に出したりできるんですか？」

「……宣伝は後にしてください。自己紹介の次は、今日配信した理由についてです」

怒られてしまった。

じろりと見てくる霧崎さんに、俺は落ち込むしかない。

〈草〉

〈こいつマヤチャンネルのときもそうだったけどなんか頭のねじ飛んでないか？〉

〈戦闘中だけかと思ってたけど、なんかやばそうなやつだな〉

〈配信ってやっぱり、メディアに取り上げられている件とかか？〉

ああ、そうそう。コメント欄を見て思い出したので、話し始める。

「今日配信した理由は、えーと第一にはマヤチャンネルの宣伝をしたかったからで……あー違う？　ああはいはい。ついでに言うと、今なんか麻耶のＴｗｏｔｔｅｒとか、この事務所にめっちゃ色々なところから連絡来てるみたいでそれに関して、配信をすることになったってわけだ」

〈どういうことだ？〉

〈もう少しわかりやすく頼む〉

このコメントはいいな。

色々とリアルタイムで打ち込んでくれるので、それを見ながら思考を巡らせられる。

「簡単に言うと、俺に関することで色々聞いてくる人たちがいるので、ここではっきりと言っておこうってわけだ」

〈おっ、期待〉

〈連日テレビとかでも報道されまくってるもんな〉

テレビは見ないが、ニュース記事を調べてみると確かに俺のことはよく話題にされていた。

不服なのは麻耶の名前がまったくないことなんだが、それは今はおいておこう。

「とりあえず、色々な依頼が来ているみたいだけど断る！　俺は麻耶の配信を見るのに忙しいからな。今日だって麻耶のところにもメッセージがたくさん来て困っていたから配信してるんだからな。テレビには出ないし、インタビューも受けないし、ギルドに入るつもりもない。以上！　これが今日配信した理由なんで……何かあれば答えるけど、何かある？　何もない？　んじゃあ終わりで」

〈よくねぇよｗ〉

〈おいこらｗ〉

〈質問ありまくりだっての！〉

〈どうしてそんなに強いんですか⁉〉

〈得意な魔法はなんですか⁉〉

〈あの空中を固めていたのってなんなんですか⁉〉

「おい、質問多すぎだろ。ていうか、俺に関しての質問かよ。麻耶に関しての質問ないの？　おねしょいつまでしてたとか気にならない？」

〈めっちゃ気になる！〉

〈教えろお兄様！〉

マヤチャンネル〈話したら二度と口利かないから〉

「……ご、ごめんよ麻耶。そもそもお兄ちゃんと麻耶の大事な思い出を話すわけないだろ！　そういうわけでてめぇら！　これは俺の思い出だからな！　誰にも渡さん！」

〈このお兄ちゃんキモいぞ〉

〈警察案件でいいだろこいつ〉

〈マヤちゃんもたいがいブラコンかと思っていたが、兄のほうがやばいんじゃないかこ

れ?〉

いや、俺は正常だと思うが。

きっと、コメントした人には可愛《かわい》い妹がいないのだろう。

「んで? 質問はあったけど……なんだったっけ? 得意な魔法とか?」

〈そうそう〉

〈何使って黒竜を倒したんですか?〉

「身体強化だ。俺無属性の適性しかないからな」

〈……は?〉

〈へ? じゃあ、空中跳んでたのは?〉

〈解説者さんとか風魔法って言ってたぞ!?〉

風魔法?

風魔法ならもっと自由に飛んでいるだろう。

「いや、無属性魔法で魔力固めて放つやつあるだろ? それを足場にして跳んでるだけだ。

それ以外何もできないからな」

〈いや、おかしいだろw〉

〈それで黒竜を一方的に叩《たた》きのめしたのかよwww〉

〈やばすぎだろこいつw〉

至宝《しほう》ルカ〈この人、マヤちゃんに聞いていた以上にやばいかも〉

〈おいルカきてんじゃねぇか！〉

〈来てるどころかリアルタイムで見てけらけら笑ってるぞ〉

〈おい、お兄ちゃん。ルカさん来てるぞ！〉

「誰？」

〈事務所の先輩だぞ！〉

〈マヤちゃん推しなのに知らないのかよ？　前にコラボしてたぞ！〉

〈Cランク冒険者だぞ⁉〉

「いや、すまん。麻耶以外は記憶に残ってないな……確かに何度かコラボしてはいたよな。

うん、とってもキュートな方でしたね、先輩さん」

至宝ルカ〈最初の発言で台無し〉

ルカという子がコメント欄に現れたとたん、さらにコメントが盛り上がっていく。

一部俺に対しての過激なコメントもあるが、知らないものは知らないのだから仕方ない。

「とりあえず今はよく知らない人なんで、また今度時間があれば……暇が見つかれば……

まあ、その……見られたら見るんで。そのときよろしく」

至宝ルカ〈完全に見ない人のやつ〉

〈草〉

〈お兄ちゃん自由すぎるだろ〉

〈お兄さん……やべーな〉

「ていうか、ちょっと待てよ。おまえら俺のことお兄ちゃんとかお兄さんて呼ぶのやめろよ？　それ麻耶の特権だからな？　どこぞの馬の骨ともわからぬやつに呼ばれたくないんだよ」

さっきからコメント欄では、俺の名前ではなくお兄ちゃんやお兄さんという言葉が飛び交っている。

俺が注意すると、煽《あお》るようなコメントが流れていく。

〈お兄ちゃん〉

〈お兄ちゃん、しゅき〉

〈お兄ちゃんちゅっちゅっ〉

「今のコメントしたやつらそれ今親の前で読み上げてこいよな？　それでえーと、もう質問もないよな？　何か聞きたいことあるやつまだいるのか？」

〈今日は雑談配信ですか？　戦闘配信はしないんですか？〉

「雑談も戦闘も特に予定ないな」

そもそも、今回の配信の目的はすでに達成済みだ。

なので、ぶっちゃけた話もう配信は終わっていいと思うのだが、まだ霧崎さんからは特に指示は出ていない。

色々とコメントが流れていくのを目で追っていくと、また質問が来ていた。

〈飛んでいる黒竜相手に空中戦をしてましたけど、本当に無属性魔法だけなんですか?〉

「そうだよ。こんな感じ」

俺はその場で見本を見せるように魔力で足場を固めた。

これは基本的な無属性魔法の技術だ。本来は相手に放って攻撃するためのものだが、別に放たなくても問題はない。

ただ、魔力凝固は長時間もたないので、あまり過信はできないが。

慣れてくれば軽く空を跳ぶ、ことはできる。ただ、黒竜のように自由に飛び回れるわけではないので、あくまでちょっとした技術程度のものだ。

〈は?〉

〈やばすぎだろｗｗ〉

〈すごすぎない……?〉

かなり驚かれてしまっているようだ。

〈このレベルの魔力凝固と身体強化ができるやつっているのか?〉

〈俺は初めて見たぞ……〉

〈ていうか、これもう特殊魔法みたいなもんだろ……〉

〈無属性魔法って誰でも魔力さえあれば使えるよな? 俺も訓練してみようかな〉

おお、コメント欄にもやる気を出した人がいるな。

「そうそう。訓練すれば誰でもできるからな。ただし、訓練するときには常に麻耶を思い浮かべて、チャンネル登録をしてみろ。そうしたら強くなれるからな?」

〈んなわけないだろ〉

〈妹への愛でこんな化け物が生み出されてしまったのか……〉

〈ちゃっかり宣伝すんじゃねぇぞw〉

……どうやら、バレてしまったようだ。

俺は魔法の発動を解除してから席に座りなおす。それからモニターのコメント欄を見る。

「俺の戦闘に関しての質問はそんなところか? あとはもう何もないだろ?」

さっさと切り上げたいのだが、質問は山のように来る。

全部を拾うつもりはない。

適当に、答えやすそうなものに答えていくか。

〈普段ってどんな生活を送ってるんですか？〉

「普段ねぇ。麻耶のアーカイブとか見ながら部屋でゴロゴロしてるな。あっ、あと朝と夕飯は麻耶の手料理だぞ？　おまえら、羨ましいだろ？」

〈は？　むかつくなこいつ〉

〈むかついてこいつに何かしようとしてもたぶん俺ら全員束になっても敵《かな》わんぞ……〉

〈マジでマヤちゃんの兄とか、どんな星の下に生まれたんだよ〉

それは本当にそう思う。

あと何百回生まれ変わっても、恐らくこれほど幸せな立場はないだろう。

〈ていうか、もしかして無職？〉

「無職無職。いや一応冒険者か？　たまに迷宮に潜って回収した魔石とかアイテムとかギルドに持っていって売却してそれで生活してるくらいだな」

〈ほとんど引きこもりじゃん……〉

〈たまに回収したやつだけで生活できるってどんなもんなんだよ……〉

〈たぶんだけど、SランクとかAランク迷宮の素材だぞ……〉

〈そういえばこいつ、黒竜一方的にボコしてたもんな〉

〈待ってくれ。お兄ちゃんの生活羨ましすぎないか？　基本はマヤチャンネルの配信を見る。マヤちゃんの作った食事を堪能する。一つ屋根の下。……は？〉

〈うわお兄さんマジむかつくわ〉

〈ずるすぎるわこいつっ〉

おっと、なぜかコメント欄が荒れ始めていく。

まあ別に構いはしない。好き勝手書けばいいさ。それだけ麻耶を魅力的と思っているファンがいるってことだしな！

嫉妬を楽しんでいると、再び別のコメントが出てきた。

〈普段はどんな迷宮に行ってるんですか？〉

今度は迷宮の質問ね。

「黒竜の迷宮に入ってるよ。黒竜はマブダチみたいなもんだな」

〈マブダチ？〉

〈またよくわからん表現でたな〉

「これまでも何回か戦ってるからな。あれが初見じゃないから、それなりに戦えたってわけだ」

そう言ったとき、コメント欄だけではなく霧崎さんたちスタッフからも驚きの声が漏れた。

〈ファーｗｗｗ〉

〈初めてじゃなかったんですか!?〉

〈じゃああのとき戦わなくても逃げられたのか?〉

「俺だけならな。転移石使って1階層にワープはできるよ。でもそれだとマイエンジェルはどうなる?」

迷宮内には転移石というものがある。

……これは、その階層を攻略した場合にしか使用できない。

94階層かあるいは95階層。

麻耶はそのどちらかを攻略しない限り、1階層に転移することはできないのだ。

だから、黒竜をぶっ倒した。そのほうが手っ取り早いからな。

麻耶は戦っていないが、一緒にいたことでもう95階層と1階層を行き来できるようになったわけだ。

〈表現きもい〉

〈天使なのは認めるけどきもいぞ〉

〈確かに、あの状況だと黒竜が邪魔してきてマヤちゃんが怪我《けが》する可能性はあったよな〉

「そうそう。でも、マヤがあのまま配信してるとは思ってなかったけどな。なんとか逃げ切れましたーって感じでまた1階層から始めようと思ってたのに」

〈それはありえないだろｗ〉

〈お兄ちゃん、質問です！　どうやってそんなに強くなったんですか？　最初から強かったんですか？〉

　また質問を頂いた。

　……うーん、どう答えようか。

　ありのままを語るのなら、冒険者を始めたのは約十年前。

　駆け出しのGランク冒険者だった俺は、毎日麻耶と俺の生活費を稼ぐため、迷宮に入っては怪我しそうになって、たまに怪我をして、そんな中で少しずつ戦い方を覚えていった。

　魔力は使用すれば増えるし、肉体は魔物との戦闘で強化されていく。

　だから、とにかく試行錯誤して、毎日命を懸けて戦い続けた……。

　……と、話すことはできない。

　なぜなら、麻耶もこの配信を見ているからだ。

　俺の苦しかった過去を麻耶に聞かせてしまえば、きっと麻耶は落ち込むはずだ。

　というわけで、具体的な苦しかった部分にはなるべく触れないようにしよう。

「俺だって最初は弱かったぞ？　レベル1のクソ雑魚《ザコ》で、そこら辺のスライムにボコられるくらい」

〈え？　マジで？〉

〈じゃあ、なんで今こんなに強いんだよ〉

「なんでって、可愛《かわい》い可愛い麻耶に貢ぐために決まってんだろうが！　強くなって、お金一杯稼げば麻耶の求めるものなんでも買ってあげられるだろうが！」

〈どんな理由だよ……w〉

「まあ、本気で強くなりたいなら、とにかく毎日迷宮潜って戦い続けろって話だ。おまえらも麻耶の親衛隊に志願するならそのくらいはやってくれないとな」

〈勝手に志願したことにしないでくれw〉

〈毎日迷宮潜っててもさすがにお兄ちゃんレベルにはいかないなw〉

……まあ、どれだけ死に物狂いで訓練するかだよな。

俺の場合はそれこそ生活が懸かっていたしなぁ。

あんまり昔のことを思い出すとわりと苦しい思い出もあるので、俺はそこで記憶を掘り起こすのをやめた。

「ていうか、もうそろそろ一時間じゃねぇか。さすがに飽きてきた……じゃなくて疲れてきたしな。そろそろ終わりにしないか？」

〈こいつ本当素直だなｗ〉

〈まあ、色々あったが、マヤちゃんを助けてくれたんだからな。そこだけは感謝するぞ〉

〈まあ、そうだな。あと、今後も配信しろよ〉

〈戦闘とか攻略配信待ってます！〉

〈登録しました！　絶対攻略配信とかしてください！　お願いします！〉

「あー、はいはい。需要があったらな。それと、最後に改めて言うけどおまえら今日の配信の目的は覚えてるな？」

〈テレビ出演とかの話か？〉

〈あー、そういえばそんなこと言ってたな〉

「いやんなことはどうでもいいよ！　ちゃんとマヤチャンネルに登録しろって話だよ！　んじゃな！」

〈いや、それは違うだろうが〉

〈お疲れ様です。また配信してくださいね！〉

〈絶対見にいきますから！〉

〈次は戦闘とかも見たいです！〉

それらのコメントが流れていくのを見て、俺は霧崎さんに視線を向ける。

そこで配信は終わり、モニターの画面も暗くなった。

俺はそのまま放送を終わりにしてもらい、軽く伸びをする。

「いやー、疲れた疲れた。あっ、霧崎さん色々ありがとうございましたー」

何やら引きつった表情で固まっていた霧崎さんに声をかけると、彼女ははっとしたあと苦笑する。

「……いや、まあその、私最初くらいしか特に何もしていませんよ。ていうか、自由というか適当といいますか……場の空気を掌握する力を持ってますね、迅さんは」

褒められているのか貶《けな》されているのかよく分からないな。

「いつも家だとあんな感じなので。別に目的はちゃんと果たしましたし、問題はないですよね？」

「まあ、そうですね。ひとまずは大丈夫だと思います……。それより、登録者数がもう十万人を突破していますよ……おかしいくらい注目浴びていましたよ……同時接続数も十万人近くいましたし……もう、はっきり言って完璧すぎる滑り出しでしたよ」

「ああ、そうなんですね？　まあ、それはいいんですよ。マヤチャンネルはどうですか？」

「あっ、そちらもかなり増えていますね。今ではもう五十万人ですから」

「おお！　やった！」

俺が小躍りしていると、霧崎さんは苦笑する。

「いやまあ、そちらはいいんですけど……次回の配信についてもできればお願いしたいんですけど……」

「え？　あー、そうですね」

面倒くさい、と思ってしまったが……よく考えればこれはチャンスだよな。

マヤチャンネルの登録者数にも影響を与えているので、今後も俺が配信すれば……麻耶のほうの伸びも良くなるよな？

……内容次第では、受けてもいいかもしれない。

「どんな感じにしたいですか？」

「……次の土曜日ですね。また二十時から……迷宮からの配信というのはどうでしょうか？」

「え？　迷宮からですか？」

「はい。戦闘の要望も多かったので、実際に戦っているところを見ていただこうかと思いまして。戦闘の場面でしたら淡々と戦っていても問題ありませんからね」

「それなら、ひたすら麻耶の魅力について語っていても問題ないということですか？」

「ある意味問題ですが……まあ、いいでしょう」

「それならやります！　タイトルは、『マヤの魅力について』でお願いします」

「いやそれ何の配信か分からないので、『迷宮配信』というのもつけておきますね」

「ああ、はい。そこら辺は自由にやっておいてください。そんじゃ、俺そろそろ家に帰りますね」

「ああ、はい。本日はありがとうございました。また詳しい話に関してはLUINE《ルイン》のほうで連絡しますね」

「了解です」

俺はスタッフさんたちにひらひらと手を振ってから、事務所をあとにして、帰りの電車へと乗る。

それから、夜の街を抜け、自宅へと帰ってきた俺を、麻耶が出迎えてくれた。

「あっ、お帰りお兄ちゃん！」

笑顔とともに駆けてきた麻耶に、俺もついつい頬《ほお》が緩む。

だが、同時に心配もある。現在時刻は二十二時を過ぎたところ。

「おお麻耶、まだ起きていたのか？　明日も学校じゃないのか？」

「まだっていうほど遅くないよ。あっ、配信見てたよ！　凄《すご》い注目されてたね！　かっこよかったよお兄ちゃん！」

麻耶に……褒められたっ！

感動しながらも、俺も彼女に言葉を返す。

「ああっ、ばっちしマヤチャンネル宣伝しておいたぞ！」

「うん、ありがとね。夕飯はどうする？」

「確か冷蔵庫に残ってたのあったよな？　それ食べるからもう麻耶は休んでもいいぞ？」

「じゃあ、それ準備するからお兄ちゃんは手を洗ってきてね」

「分かった」

麻耶の負担にならないようにしたいのだが、麻耶が笑顔で提案してくると断るのも申し訳なくなってしまう。

俺はすぐに手を洗ってリビングへと向かうと、どんどん料理が並べられていく。

俺が席に座ると、麻耶も向かい側に座りこてんと首を傾けてきた。

「配信どうだった？　大変じゃなかった？」

「ん？　まー、でも俺は自分のやりたいようにやってただけだしなぁ」

「あはは、確かにお兄ちゃんらしさ全開だったね。そういえば、次の配信とかって決まったの？」

「迷宮での撮影をするとか言ってたな」

「あっ、お兄ちゃんやってくれるんだっ。よかったぁ、また見られるね」

麻耶がとても嬉《うれ》しそうだ。

……良かった、断らなくて。

霧崎さん、提案してくれてありがとう。

霧崎さんに心中で感謝しつつ。麻耶の笑顔を脳内カメラで保存していく。

「でも、お兄ちゃんって……冒険者でいうとどのくらい強いの？」

「ん？　正確に強さを測定したことはないけど……まあ、麻耶を悪いやつから守れるくらいの力はあるつもりだぞ？」

「うん、あんまり分からないけど……凄く強いよね。でも、お兄ちゃん気を付けてね？　迷宮配信とかってやっぱり危険も多いからね」

「分かってる」

……俺だって、麻耶の可愛さに見とれて罠《わな》に気づけなかったわけだしな。もっと気をつけよう。

「お兄ちゃんに何かあったら私、泣いちゃうからね」

「ああ、分かってる！　絶対泣かせないから！」

俺が全力で答えると、麻耶は笑顔で頷《うなず》いた。

第二章　規格外の強さ

　次の土曜日。

　俺は霧崎《きりさき》さんとともにとある迷宮へと来ていた。

　もちろん、今日も配信をするためだ。

　俺も真面目になったものだ。

「……あの、迅《じん》さん。えーと今日は迷宮の配信をする、という話でしたよね？」

「ええ、そうですよ。あれ、もしかして霧崎さんボケましたか？」

「いや……あの……ここAランク迷宮なんですが……」

　俺が配信場所として指定したのは、家の近くにあるAランク迷宮だ。

「ランク低かったですか？　ならまた黒竜でもぶっ倒しに行きます？　でもマンネリになっちゃいますよね？」

「あ、アホなこと言わないでください！　普通、迷宮配信っていうのは低ランクの迷宮で行うものなんです！　それをAランク迷宮!?　二人で!?　頭おかしいですよ！」

　今日は撮影係として霧崎さんが同行してくれることになっていた。

この前の俺と麻耶《まや》のような形だ。

ただどうやら霧崎さんはそこを偉く心配しているようだ。

「いや、でも事務所近くで手ごろなのってここじゃないですか？」

「Aランク迷宮が手ごろ⁉」

「えー、まあはい。小遣い稼ぎに利用するならいい場所ですよ、Aランク迷宮は。高ランク迷宮の素材を冒険者協会へと持ち込むと、色々言われますからね」

冒険者協会とは国が運営している素材の買い取りなどを行っている機関だ。

……未知の素材や高ランクの魔石を持ち込むと、それはもう鑑定に長い時間を取られるので、黒竜なんかの素材は持ち込まないと決めている。

「……いや、もう……はい。分かりました。……それじゃあ……やっていきましょうか」

そう言って、霧崎さんはこちらにスマホのカメラを向けてきた。

俺は霧崎さんから事前に受け取っていたウォッチャーを手首につけ、その電源を入れた。

俺のスマホと接続されていて、すぐにコメント欄が映し出された。

〈久しぶりだ、お兄ちゃん〉

〈俺は待ってたぞこのときを！〉

〈おまえの迷宮配信楽しみにしてたんだよ！〉

〈お兄様！　こんにちは！〉

〈迷宮攻略ってマジですか⁉　めっちゃ楽しみです！〉

すでにかなりの人が来ているようだ。

コメントがずらーっと流れていく。一応目では追えているが、わざわざすべてに答える必要はないだろう。

マヤチャンネルを見ていても、こういったコメントのすべてには返事をしていないからな。

ていうか、なんかいつの間にかお兄様って呼び方も増え始めてるな……。

「久しぶりだなって……その前におまえら確認だ。来週の土曜日。何が行われるか知ってるよな？」

〈また配信の告知か？〉

〈誰かとコラボとかするのか？〉

〈勢い凄《すさ》まじいからなw何が来ても驚かんわ〉

「違うわ！　それでもマヤチャンネルのファンかおまえら！　来週は麻耶のサイン会だろうが！」

麻耶のキャラクターソングなるものが発売されたのだ。

この事務所では、登録者数十万人を超えたとき、それぞれのキャラクターソングが作られるというのが恒例らしく、麻耶も随分と前に作ってもらって発売されることになったのだ。

そのときのCDにサイン会への参加券がランダムで封入されていたのだとか。

〈あれ、それって確かルカちゃんも一緒にいなかったか？〉

〈ルカちゃんとの合同サイン会だろ？〉

〈そうそう。ちょうどルカちゃんの100万人記念と被《かぶ》って……そっちがむしろメインだよな？〉

「はああ!? 誰だそいつは！ いや、誰でもいいっての！ 麻耶のサイン会なんだ。来週は麻耶のサイン会なんだからな……っ！」

〈いや先週も話してただろうが！〉

〈こいつやっぱり頭おかしいわｗ〉

至宝《しほう》ルカ〈呼んだ？〉

〈おいまた本人降臨してんぞ！〉

〈ルカさん！ こいつあなたのことよく知らんってバカにしてましたよ！〉

「本人？ マジで？ あーすまん。コメント欄の皆、俺の代わりにいい感じのお世辞言っておいてくれ」

〈さっきこの人マヤが世界一って言っていましたよ！〉

〈マヤ以外は興味ないって言ってましたよ！〉

俺の視聴者たちは、どうやら俺の味方ではないようだ。

「なんだおまえらもお世辞苦手か？　仲間じゃねぇか」

〈開き直るな〉

〈こいつ無敵か？〉

至宝ルカ〈当日、楽しみにしておいて。ルカのファンにしてあげるから〉

〈これでまたルカ推しが増えるのか〉

〈ようこそ、ルカ沼へ……〉

「いや、たぶんファンにはならんから安心しろ。俺はいつだって心に麻耶を飼ってるんだからな」

〈だから表現がキモイんだよｗ〉

〈なんでこのお兄ちゃんでマヤちゃんはブラコンになったんだ……〉

〈俺の兄がこれだったら間違いなく嫌ってるわｗ〉

〈ていうか、さっきサイン会がどうたら言っていたけど、サイン欲しいなら家で頼めばよ

くないか？〉

　何言ってんだこいつは。

「は？　現地で書いてもらえるのがいいんじゃん。家で書いてもらったら妹のサインであってマヤのサインじゃないだろうが。分からんのか⁉」

〈草〉

〈まあ、言いたいことは分からんでもない〉

　俺は叫びながら、ふと思ったことを問いかける。

「ていうか、そのルカ？　って人は先週も名前出てたのか？」

〈はい炎上〉

〈なんで忘れてんだよ……本人降臨してたろーが〉

〈こいつじゃなかったら炎上発言だろ〉

〈いや炎上してもお構いなしなんだよ。すでに、何度も炎上してるぞこいつ〉

　そうなのだろうか？　ネットでわざわざ自分のことを調べたりはしないので、知らない。

　今この俺のチャンネルがどうなっているのかもすべて事務所に任せているしな。

「なるほどね。まあ、俺は麻耶のサインが死ぬほど欲しいんで、あとはどうでもいいや。とりあえず、自慢だ。俺は参加券を手に入れたからな」

〈マジか〉

〈買いまくったのか？〉

〈身内だから優先的にもらってたとか？〉

……そうやって疑われる可能性もあるのか。

「いや、俺は迷宮で稼いで買いまくったんだよ。金にもの言わせてな。これがおまえらにはできない芸当よ」

〈俺たちだって親のカード奪えばできるぞ？〉

〈あまり舐《な》めるなよ？〉

と、コメント欄と雑談しながら迷宮の階段を下りていく。

迷宮の1階層に下りると、霧崎さんは顔を青ざめさせたまま周囲を見ていた。

迷宮の階層は、その迷宮ごとに、なんなら階層ごとに造りが大きく異なる。

黒竜の迷宮は特にバリエーション豊富で、草原のような普通のものから、遺跡風のもの、さらには浜辺のようなものまである。

このAランク迷宮は荒地のようだった。ところどころ枯れた木や大岩があって、魔物の姿は見当たらないが魔力を感知すれば至るところに潜んでいるのが分かる。

「まあ、話もそこそこに、今日は迷宮配信だからな。マネージャーさん曰《いわ》く、戦っている間はコメントとか見られなくても仕方ない、というわけでこれからは無視していいか？」

〈見られないと無視は意味違うぞ〉

〈迷宮配信楽しみ！　ここのランクは？〉

「Aランク迷宮だ。事務所近くにあるから、聖地巡礼したい方はどうぞー。マネージャーさん、ここに出る魔物ってなんですか？」

「それ調べてないのに連れてきたんですか!?」

「いやまあ、どこでも大して変わらないし。そんで、出現する魔物は？」

「……ミノタウロスみたいですね。私も、先ほど調べた程度ですが」

ここの迷宮を攻略することはさっき伝えたからな。

霧崎さんが答えた瞬間、コメントが溢《あふ》れ出す。

〈ファーw〉

〈Aランク!?　いや何やってんだ!?〉

〈Aランク迷宮の配信とかもっと大人数でやるもんだぞ!?〉

〈いやいやさすがにカメラマンとお兄ちゃん一人じゃ危ないだろ！〉

……コメント欄が大荒れ状態だ。

Aランク迷宮は別に苦戦しないのだが、言葉で説明しても理解してもらうのは難しいだろう。

「まあ、見てもらったほうが早いかね。ちょっと待っててくれよおまえら。魔物呼ぶんで」

「……へ？　呼ぶ？」

〈おい、こいつ何するつもりだ？〉

〈いや、たぶんだけど魔力を解放して集めるとかじゃないか？〉

〈は？　どゆこと？〉

「おお、コメント欄賢い！　魔物を探して歩くなんて面倒だからな。魔力をこうして解放すれば……勝手に寄ってくるわけだ。皆も参考にな！」

〈参考にしたら普通は死ぬんですがそれは……〉

〈初心者冒険者の人たち！　絶対真似《まね》するなよ！〉

〈おいおい、何が起こるんだよ……w〉

そう言いながら魔力を放出すると、周囲が揺れる。

同時に、魔物たちの足音が響きこちらへ迫ってくる。

〈おい地響きやべぇぞ！〉

〈なんだよこれ、何が起きてんだよ！〉

「ひっ……⁉」

現れたのはミノタウロスの群れだ。数は五十くらいか？

1階層のミノタウロスすべてが集まったという感じだろうか。

霧崎さんは腰を抜かしてしまっていたが、彼女がいる場所は外へと繋《つな》がる階段だ。

そこはセーフティエリア。魔物が入れない場所だ。なのでいくら腰を抜かしても大丈夫。

俺は軽く拳を鳴らしてから、霧崎さんに声をかける。

「そんじゃマネージャーさんはその階段からこっちに来ないでくださいね。そこから出なければ狙われませんから」

俺は笑みを浮かべてから、ミノタウロスの群れへと突っ込んだ。


「……な、なにこの人……」

私は迅さんを撮影するスマホを持っていたが、その手の震えが止まらない。

初めは、間違いなく恐怖だった。

今は……興奮だろうか。

圧倒されるような目の前の光景が信じられなかった。

……数十はいるミノタウロスへ突っ込んでいく迅さん。
「はっ！　どうした！　歯ごたえねぇぞ！」
そう言いながら、彼はミノタウロスの肩へと噛《か》みつき、噛みちぎってみせた。
〈やべえぞ！〉
〈ファーｗｗｗ　下手《へた》なモンスターハウスよりすごい光景じゃねぇか！〉
〈ミノタウロスの群れとか万が一遭遇したら死ぬよな……？〉
〈ていうか、戦い方が一番やべぇよ！〉
……そう。
コメント欄の言う通り、彼は……武器を持たない。
ミノタウロスたちは斧《おの》を持ち、迅さんを取り囲んで全力の攻撃を叩《たた》き込んでいく。
だが、迅さんはその斧を腕で受け止め、へし折ってみせた。
〈マジかよｗｗｗ〉
〈何でできてるか分からんが、魔物の武器を生身で砕くのかよ!?〉
〈やっぱお兄ちゃんの戦闘能力やばいよ！〉
コメント欄は、大盛り上がりだ。
映像越しでも、この無双っぷりはそれだけ熱中させられるものなのだろう。

初め、私は迅さんのデビューには迷いがあった。

でも、この戦闘を見せられれば……自分の考えに間違いはないと思えた。

これだけの力を持ち、これだけ人を魅了し、楽しませられる人を、放っておくのはもったいない……！

攻撃をしたミノタウロスは次の瞬間には殴られ、蹴られ、首を折られ霧のように消滅していく。

〈……ていうか、こいつマジで武器使わないのか？〉

〈隠し持っている、とかもないよな……〉

〈ジャパニーズ忍者！〉

〈これが日本のシノビか……〉

海外の人と思われるコメントも数多く見られる。

迷宮配信の強みは、そこにもある。言語が分からなくても、映像からその凄《すご》さが伝わるんだ。

日本語に翻訳してコメントをくれる人もいれば、そのままの母国語も多くある。

ただ、どれも迅さんを称賛しているようだった。

忍、と聞いて確かにその表現も間違いではないと思ってしまった。

ミノタウロスの合間を縫うように走り、徒手で仕留めていく姿は……見た目の派手さのわりに正確無比。

普段の粗暴な言動などから考えられないほどに、無駄がなく洗練されている。

迅さんが片手を振りぬくと、ミノタウロスの首が飛ぶ。

魔物たちの死体はすぐに霧となって消滅し、あとには素材だけが残る。

……魔物というのはすべて魔力の霧が集まって作られているため、死亡するとあとには素材しか残らない。

迅さんが駆け抜けると、あとには霧がいくつも生まれ、素材が落ちていく。

あれほどいた魔物たちは、すでに半分ほどになっている。

なにより、魔物たちの動きが緩慢なものへとなっていく。

表情が険しい。

間違いなく、恐怖している。

にやりと笑った迅さんに、ミノタウロスたちは顔を青ざめさせる。

だが、彼らは魔物としての本能か。逃走はしない。

力を振り絞るようにして、迅さんへと襲い掛かる。

〈手刀で首刎《は》ねやがった……ｗｗ〉

〈マジで化け物すぎだろ……〉

〈人間やめてて草……いや草も生えんわ……〉

〈なんでこんな化け物が俺たちと同じマヤファンなんだよ……〉

〈マヤファンの平均戦闘能力あがりすぎだろ……〉

〈マヤを叩いたらこいつが家に押しかけてくるかもしれないんだよな……アンチ発言できねぇじゃん〉

ミノタウロスを一掃するのにそう時間はかからず、迅さんは倒した魔物たちの魔石を袋に入れて戻ってきた。

その袋をくるくるとぶん回している迅さんはこちらに気づいた様子で問いかけてくる。

「ほらよ。おまえら。お望み通りの戦闘配信だ。これを見たら、マヤチャンネルの登録よろしくな」

〈おまえのじゃないんかいw〉

〈いや……普通にお兄ちゃんのチャンネル登録したわ。また配信やってくれ〉

〈あんだけ無双されると気持ちいいくらいだな……〉

〈無双配信なんて初めてだよな……。迷宮の攻略って詰将棋みたいに計画的に行っていくものだし。それはそれで楽しいんだけどさ〉

〈あんな一方的にならないよな……これは、こいつにしかできないわ……〉

気づけば、また視聴者は十万人を余裕で超えていて、現在二十万人。

登録者数も、すでに八十万人を突破している。

……やはり、彼は凄《すさ》まじい才能の持ち主だ。

「へいへい、お褒めの言葉どうもありがとさん。それじゃあ、今日の配信はこれで終わりでいいか？　もう戦闘配信は十分見ただろ？」

〈いや、まだやれよ〉

〈もっと戦ってるところみたいんだが？〉

〈それから、戦闘解説でもしてくれよ〉

「解説なんて面倒、パス！　ていうか、また戦うとしてもミノタウロスだぞ？　また別日に違う魔物と戦ってるところのほうがいいんじゃないか？」

〈おっ、それじゃあまたやってくれるのか？〉

「マヤチャンネルの伸び次第じゃないかねぇ？」

迅さんは視聴者を煽《あお》るような笑顔を浮かべている。

ただ、それは別に視聴者を不快にさせるものではなく、コメント欄はさらに盛り上がっていった。

〈どんだけ妹好きなんだよこいつはw〉

〈まあ、こいつのダイマで見たマヤちゃんも普通に可愛《かわい》かったから今じゃファンだけどさ〉

〈オレも〉

〈オレももうマヤちゃんの兄で、お兄さんの弟になっちまったよ……〉

……完全に終わる流れに持っていかれてしまった。

まだ配信始めてから三十分ほどしか経《た》っていないが、本人の言う通り、確かに一番の見どころはすでに終わってしまっている。

無理に引き延ばしても、間延びするだけだろうと判断した私は、そのまま迅さんに合わせ、配信を終わらせる方向で話を進めてもらった。


「本日は、お疲れ様でした」

次回の打ち合わせと今日の配信のお祝いをかねて、俺は霧崎さんに連れられるようにして近くの居酒屋へと足を運んでいた。

案内された個室にて、霧崎さんと向かい合うようにして座っている。

「いやー、こちらこそです。配信あんな感じで良かったですか？　また炎上してるんじゃないですか？」

ちょこちょこ俺の配信のあとには炎上しているのだとか。

けらけら笑いながら答えると、霧崎さんは苦笑している。

「いえ、まあ……別にそこまで気にするようなものじゃありませんから、安心してください。配信も、問題なかったと思いますよ。とりあえず、飲み物でも注文しましょうか。

……そういえば、お互い大人だったので、特に考えもせず居酒屋に連れてきましたけど、迅さんはお酒飲むんですか？」

「いや飲まないですね。まあ、俺のことは気にせず好きに頼んでください」

酒に関しては飲んだことはあるが、特別何か思うことはなかった。

金がかかるし、別に飲まなくてもいいか、という感じだ。

それよりは麻耶のグッズを購入するほうが優先である。

「そ、それでは生を」

「はいはい。俺はオレンジジュースで」

霧崎さんは少し照れた様子で飲み物を注文し、それからつまみになりそうなものを適当に頼んでいく。

運ばれてきた食事と飲み物で軽く乾杯してから、これからの話をする。

「迅さんは配信活動はどうですか？　楽しんでいますか？」

「どうですかね……？　まあ、でも新鮮ではありますかね？」

「新鮮？」

「はい。いつもやってることをただ見せるだけであそこまで反響があるとは思ってなかったんで。おかげでマヤチャンネルの登録者数も増えてますし、いいことづくしですね」

俺はまだ自分でその楽しさを実感できてはいないが、マヤチャンネルの登録者が増えていることに悪い気はしない。

麻耶も俺の配信を見て楽しんでくれているようだしな。

「そうですか。本当に、麻耶さんのことが大切なんですね」

「まあ……大事なたった一人の家族ですからね」

「そうでしたね。失礼しました。辛《つら》いことを思い出させてしまって」

「いえ、別にもう気にしてませんし」

両親が死んでしまったのはただの事故だ。

気にする必要はない。

迷宮爆発《ダンジョンフレア》。両親はそれに巻き込まれて、死んでしまった。

迷宮爆発とは、迷宮内の魔物が外へと溢《あふ》れ出てくる現象だ。めったに起きることはないが……ゼロではない。

たまたま両親の職場近くにあった迷宮が迷宮爆発を起こし、逃げ遅れてしまった両親が死んだ。

ただ、それだけだ。

世の中にはそうやって親や家族を失う人は多くいる。俺たちだけじゃない。

それでも迷宮は世界に多く存在する。

迷宮自体は、最奥のボスモンスターの部屋奥にあるクリスタルを破壊することで、消滅させられるにもかかわらず、だ。

それだけ、迷宮がもたらす資源や土地が大事ということだ。

今では化石燃料の代わりとして、多くのものに魔石燃料が使われている。

迷宮によっては魔物が出現しない階層も存在し、その土地を使って農作物を育てたり、あるいは工場のような使い方をされることもある。

だから、危険が多くとも迷宮がこの世界に存在し続ける理由は、そんな複雑な事情が絡んでいるからだ。

まあ、被害を受けた側からすればたまったものではないが。

一応迷宮爆発が起きそうな迷宮に関しては、迷宮が放つ魔力量を測定することで予測できるらしい。

だから、そこまで多く発生することはないが、それでもイレギュラーがないわけじゃないからな。

迷宮のランクがいきなり変わる突然変異などもある。

迷宮の脅威を挙げればキリがないし、すべての迷宮を即座に攻略するべきという声もあるが、まあ万が一迷宮の恩恵を受けられなくなった国があったとしても、結局他国から迷宮の素材を輸入しなければならない。

危険を他国に押し付けるだけであり、金銭面も馬鹿にならない。

下手《へた》をすれば、国自体が破綻する可能性もあるだろう。

とにかく、苦しい状況に置かれるのは間違いないはずだ。

「迅さん。次の配信についてですが、やりたいことってありますか？」

「やりたいこと……？　特にはないですかね」

「そうですよね……。また魔物との戦闘配信をするとしても、それはそれでマンネリ化してしまいそうなんですよね。……コラボも考えてはいるんですよね」

「コラボ？　なんかそこらへんは警戒していませんでした？」

「そうなんですが……事務所にも迷宮配信者が多くいますからね。いずれは、コラボも解禁していきたいという考えではあるんですよ」

「はー。それならとりあえず麻耶でいいんじゃないですか？　普段からカメラマンやってるし、別に問題ないですよね？」

「……確かに。それなら、視聴者の炎上も比較的抑えられるかもしれませんね……っ。幸い、麻耶さんは男性ファン女性ファン半々くらいですし……っ。その方向で行きましょうか！」

おお、マジか⁉

ただ、そう思ったところで一つ問題があるんだよな。

「俺、麻耶の配信をリアルタイムで見られないんですけど……」

「いや、むしろ一番近くで見られるじゃないですか……ていうか、これまでも何度かカメラマンはやってますよね？」

「いやいや……そもそも今回は俺も一緒に映る可能性があるんですよね？　それは何というか……推しの邪魔をする感じがして嫌なんですよね……」

「拘《こだわ》りがよく分かりませんね。そもそも提案したの迅さんなんですけど」

「いやいや、これ結構大事なことなんですよ！　分かりませんか⁉」

「私なら、むしろ推しと共演できるとか嬉《うれ》しいと思うのですが……」

「俺が配信を始めた動機がそれならそうかもしれませんが、それとこれとはちょっと違うんですよ！　まあ、いいです……当日は陰に隠れてますからね」

「それだとコラボ感はありませんが、まあひとまずはそれでいいでしょうか。あとは、配信日ですよね。来週の土曜日は麻耶さんは流花《るか》さんとコラボがありますので……その次の週くらいですかね？」

「土曜日って麻耶のサイン会のあとですよね？」

「……お二人の、ですね。配信でも指摘されていましたが、流花さんと麻耶さんのサイン会です」

ルカ、という名前に聞き覚えがあるのはそれが理由か。

「そうでしたね。サイン会の後、配信ありましたけどあれってコラボだったんですね」

「……本当麻耶さん以外の情報はおかしいくらい遮断されますね」

「無駄なことに脳の容量を使わないようにしているんですよ」

「そこまで圧迫して脳に詰めるような情報あるんですか？」

「え？　麻耶の配信ですけど？」

「……そうですか」

苦笑しながら霧崎さんは生ビールを一気に飲んでいく。

……話しながらぐびぐび飲みまくっているが、これでもう十杯目だぞ？

「霧崎さん、体大丈夫なんですか？」

「え？　大丈夫ですよ？」

……俺からしたら、迷宮に潜るよりよほど凄《すご》いと思うが。

けろりとした様子で飲みまくる霧崎さんに恐れながら、俺はオレンジジュースをちびちびと飲んでいった。

第三章　サイン会

金曜日。

いよいよ明日は麻耶《まや》のサイン会というわけで、麻耶の大ファンである俺はそれはもうワクワクドキドキとした心境でいたのだが、それはどうやら麻耶もそうだったようだ。

今週初めのほうはまだ落ち着いた表情をしていたのだが、サイン会が近づくにつれてどんどん険しい表情をすることが増えていった。

これは、少し心配だ。

とはいえ、お兄ちゃんとして何かしてやれることがあるのかというと、難しいところだ。

夕食を終えた俺は、いつものようにだらだらとリビングで休憩していた。

麻耶はというと、ソファ前に置かれたテーブルにて、何度もサインの練習をしていた。

明日のサイン会に向けて、失敗は許されない……そんな感じの表情だ。

普段の落ち着いた天真爛漫《てんしんらんまん》な笑顔を浮かべる麻耶も可愛《かわい》いが、今のようなきりっとした表情はまた違った味わい深さがある。

麻耶は本当に世界一可愛い妹だと再認識させられる。

これほど可愛い麻耶を写真に収めないなんてのは人類の損失になる可能性がある。

俺はスマホを取り出し、麻耶のほうへと向けると、それに気づいた麻耶がピースを作った。

違う、違うんだ麻耶。そのピースも可愛いけど、俺は仕事モードのきりっと麻耶を写真に収めたかったんだ。

でもまあ、これも可愛いので良し。

また一つ、麻耶フォルダが潤ったところで、俺は麻耶に問いかけた。

「サインはもう問題ないのか？」

「うん。書くのは大丈夫なんだけど、本番のときに失敗しないかちょっと不安だよ」

「……そうだよな」

今麻耶は紙に書いて練習しているが、本番はＣＤのパッケージに書くことになる。

材質が異なるわけで、その差によってちょっとしたミスが生まれないとも限らない。

「よし、麻耶ちょっと待ってろ」

「え？　どうしたのお兄ちゃん？」

困惑する麻耶に、俺は急いで部屋からＣＤを持ってきた。

麻耶の初めてのＣＤということで俺は近くの店で大量購入したのだ。最初は三枚くらいあればいいかと思っていたが、気づけば買い占めかねん勢いで購入してしまっていたのだが、それはまあ仕方ない。

そのうちの何枚かを持ってきて、テーブルに並べた。

「これにサインしてみたらどうだ？　本番のときみたいになるだろ？」

「なるほど……！　ありがと、お兄ちゃん！」

ぱっと瞳を輝かせる麻耶の眩《まぶ》しさに、目が潰されそうだ。

「それじゃあ、さっそくやってみたいんだけど、ちょうど良かった！　お兄ちゃん！　頼みたいことあるんだけど……」

「ああ、なんでもやるぞ！　アイスでも買いに行ってこよっか？」

「パシリじゃないよっ。ファンの人を演じてほしいなーって思って。実践形式で練習したいんだよねっ」

「ああ、任せろ」

麻耶の天才的な発想に俺は首を強く縦に振る。

早速とばかりに麻耶がソファから立ち上がり、サインペンを片手に持ったままニコニコと微笑《ほほえ》む。

……麻耶がそこにいると、まるで家がイベント会場のように見えてくる。

麻耶の演技力はかなりのものだ。俺も、しっかりとマヤファンを演じる必要があるな。

持ってきたCDは三枚ある。これを使って、麻耶の実践訓練に付き合おうじゃないか。

まずは一つ咳《せき》ばらいをして喉の調子を整える。

それから、テーブルに置いた一枚のCDを持ち、ちょっと見る程度のマヤファンになりきってみる。

よし、イメージが固まった。さっそく麻耶の前へと一歩踏み込み、それからCDを差し出す。

「あの、マヤちゃんのファンです！　毎日配信見てます！　アーカイブも必ず三回は見直すようにしてます！　これからも頑張ってくださいね！」

恐らく、これくらいだろうな。

マヤファンを演じながらCDを差し出すと、麻耶は少し驚いたような表情を浮かべてから、にこりと笑う。

「えっ、熱心に見てくれてるんだね。ありがとね！」

麻耶はCDを受け取って、テーブルに置いてからサインを書いてくれた。

少しペンが滑ってしまったのか、紙に書いてあるものに比べるとちょっと違っているが
……これはこれでいいよな。

まったく同じサインになるよりかは一人一人違うほうが味がある。

サインされたCDを受け取った俺は、それから列を離れるようなイメージをして、もう一度CDを手に取って麻耶の前に立つ。

次は、普通の麻耶のファンをイメージだ。

「マヤちゃんの大ファンです！　配信いつも楽しみにしてます！　もう朝昼晩の三食のおかずみたいなものです！　アーカイブも必ず五回は見直してます！　これからも頑張ってください！」

「ええ!?　そんなに見てくれてるの？　ありがとねー！」

麻耶はまた目を少し見開いてから、CDにサインを書いてくれた。

さっきより綺麗《きれい》だな。この短時間でここまでの成長を見せるなんて、やはり麻耶は凄い妹だ。

麻耶の急成長を心中で涙しながら喜びつつも、最後の一枚を持って再びファンになりきる。

今度は熱狂的なファンだ。これは簡単だ。

「麻耶ちゃん！　いつも見まくってます！　もう軽く十回以上は見返すようにしてますし、暇さえあればずっと配信を流してます！　とにかく体調を崩さないように頑張ってください！　本当に無茶《むちゃ》だけはしないようにしてくださいね……っ！」

「本当にありがとね！　これからも頑張っていくから応援よろしくねっ」

麻耶はすらすらと慣れた様子でサインを書いていき、それで訓練終了だ。

俺は並べられた世界で三枚しかないサインCDを、大切に保管すると決めつつ、麻耶をちらと見る。

「どうだった麻耶？」

「お兄ちゃん、迫真の演技だったね」

「そりゃあ、麻耶のためだからな。全力も全力だ」

「でも、あそこまで熱心すぎるファンの人たちっているかなぁ？　お兄ちゃんくらいじゃない？」

「え？　いやまあ、最後のは完全に自分をモデルにしたけど、それ以外は一般的なファンじゃないか？」

そこまでおかしなファンではないと思うが。

「そうかな？　でも、とりあえずサインは大丈夫そうかな？　あとは来てくれた人たちと自然に話せるかどうかだね」

「今は完璧だったじゃないか」

「だってお兄ちゃんなんだもん。どこまでいってもお兄ちゃんはお兄ちゃんだからね」

「ま、麻耶……すまん。力になれなくて……っ」

クソ……っ。俺が姿形まで変えられるような特殊魔法を持っていたら麻耶の訓練にもっと付き合ってあげられるというのに……っ。

自分の才能のなさを悔しがっていると、麻耶は首を横に振った。

「いやいや、十分十分。それに私は思ったんだよね。ファンの人たちを全員お兄ちゃんだと思えばいいんだってっ」

したり顔で言った麻耶がとても可愛らしく、吐血しそうになりながらも頷《うなず》いた。

「……そうか。とにかく、頑張ってくれ」

応援することしかできないのが悔しくてならない。

笑顔で頷いてくれた麻耶はそれからぽつりと口にする。

「あとは、イベントが無事成功してくれることを祈るだけだね」

「まあ、そこはマネージャーさんとかイベントスタッフとかもいるんだし大丈夫じゃないか？」

「うん……でも、明日は流花《るか》さんもいるからね。流花さんのファンって結構熱狂的な人も多いから、かなりバタバタするんじゃないかって予想なんだよ」

「あー、確か一緒にサイン会をする人だっけ？」

どのような人なのかは分からないが、麻耶よりも人気がある人らしい。

お兄ちゃんとしては悔しいが、いずれ麻耶が抜かすはずだ。

「そうだよっ。もう、お兄ちゃん忘れないでよねー。流花さんじゃないけど、別の事務所でちょっとした事件も起きたことがあるから少し心配しているんだよね」

「まあでも、会場は警備体制もしっかりしてるんだろ？」

「うん。冒険者の人たちも集めるからかなり体制は万全だよ」

まあ、それなら大丈夫だろう。

ただ今の時代、目に見えるものだけが凶器じゃないからな。

魔法はとても便利だが、どこでも使える凶器でもある。

迷宮や魔法が出現した当時は、それはもう犯罪者もかなり増えてしまい、大変な時代だったらしいしな。

僅かながらの不安はあれど、そういった事件が発生するなんてのは稀《まれ》だ。

「よし、明日のためにも今日はもう寝て英気を養わないとね」

「……そうだな」

俺も楽しみすぎて眠れるかは不安だったが、明日のためにきちんと休まないといけない。

せっかくの麻耶の晴れ舞台だ。

明日は全力で楽しもう。


土曜日。

今日は待ちに待った麻耶のサイン会だ。

次の俺の配信については、霧崎《きりさき》さんが日程を調整中なので今は存分にこのイベントを楽しめる。

そういえば、一応今日のイベントは麻耶と……あと別の人の合同サイン会だったか。

確か、ルカとかそんな感じの名前だっけ？

前回の配信で何かそんなことを言っていたよな。

俺はフードを被《かぶ》って顔が隠れるようにして、イベント会場へと足を運んでいた。

……なんか配信を始めてから街中で声をかけられるようになったからな。

今の時代顔出ししている一般人も多いので、大した影響はないだろうと思っていたが、大被害だ。

これなら顔を隠して配信すればよかったよな。

って言っても、黒竜を討伐したときの映像がニュースとかで取り上げられまくっているので、今更か。

そういうわけで、現在はマスクにサングラスもつけての怪しい格好での参加だ。

ここまで隠せばバレることは少ないだろう。

荷物検査を無事突破した俺は、その日のサイン会の列に並んでいた。

列は二つある。

麻耶と……もう一人の女性だ。

あっちはあっちで事務所の子なんだよな。

列は……圧倒的に麻耶のほうが負けている。

くそ、麻耶のほうが絶対可愛《かわい》いのに……！

我が事のように悔しい。ただ、いつかはきっと彼女を超えるはずだ！

だって麻耶は可愛いのだから。そんな気持ちとともに俺は麻耶の列に並ぶ。

やがて、警備として冒険者たちも会場へと入ってきた。さらに、マネージャーなどのスタッフたちも慌ただしく動き始める。

いよいよ、イベントが始まるのだろう。

イベント開始の時間が迫ったそのときだった。

　──来た。

　麻耶ともう一人の子の列のほうへ、女性がやってくる。

「皆お待たせー！」

「これから始まるから、ちょっと待っててね」

　麻耶ともう一人のルカという子が声をあげる。

「おおおお！　麻耶ー！」

　彼女らの登場に合わせ会場は一気に盛り上がり、俺も麻耶ファンとして周りとともに歓声をあげる。

　そして、サイン会が始まる。皆一言二言の挨拶とともに、購入していたＣＤの表紙にサインを書いてもらっている。

　列はゆっくりと進んでいく。

　俺の番まであと三人だ。

　ここまで来ると麻耶の声も聞こえてくる。

　ファンとの交流をしている麻耶の成長した姿に、お兄ちゃんとして歓喜しているときだった。

　何やら、ルカ側の列のほうからじんわりとした魔力を感じ取った。

その魔力は、列に並んでいた人間からのようだ。

……なんで魔法の準備をしているんだ？　それも、明らかに悪意のこもった嫌な感じのものだ。

俺ももうすぐ麻耶に会える位置まで来て、そうなるとルカ側の席も見えてくる。

麻耶には劣るが、可愛らしい子だ。

魔法を準備している人間は、見た目は普通の青年に見える。

ただ、どこか表情が不気味だ。寝不足なのか、目元にはクマがあり何かぶつぶつとつぶやいているのかずっと口元は動いている。

俺も楽しみすぎて、若干の寝不足ではあるのでクマとかがあるのは分かる。

だが、あいつが用意している、火属性の魔法は意味分からん。

準備しているのが警備をしている冒険者ならば分かる。

だが、その魔法は列に並ぶファンによるもの。

……明らかに、異常だ。

ただまあ、大丈夫ではないだろうか。

麻耶とルカ。そのどちらにも冒険者の警備はいる。

……まあ、これだけ駄々《だだ》漏れなら膨れ上がった魔力にも気づいていることだろう。

もしも、何かあれば警備が対応するはずだ。

俺も……もうすぐ麻耶のサインをもらえるんだ。ここで列から飛び出したら、それこそ俺が不審者にされてしまう。

そう考えていたときだった。

「はい。次の方……」

落ち着いたルカの声とともに響いた。

呼ばれた男性は、俯《うつむ》きながらゆっくりとルカへと近づいていく。

……そして──次の瞬間、その狂気に染まった顔を上げる。

「ルカちゃん！　僕だよ！　次郎だよ……！　ルカちゃんに会いに来たんだよ！」

「え？」

「驚くよね⁉　驚いちゃったよね⁉　ごめんね？　でも、僕何度も君と会ってね、君を僕のものにしたいと思ったんだ。だから、今日ここで殺してあげるねっ！」

明らかに様子のおかしい彼の言動に、ルカの表情は真っ青になっていく。

「……ど、どういうこ──と……⁉」

ルカが問いかけた瞬間、男性の狂気が牙を剥《む》く。

彼が叫んだところで、ようやく異変に気づいた冒険者たちが駆け出す。

「邪魔だよォ！」

割り込んだ冒険者を薙《な》ぎ払うように男性が魔法を放った。

その魔法は想定通りの火魔法だ。

冒険者もすかさず魔法を放って身を守ろうとしたが、弾《はじ》き飛ばされる。

あの次郎と名乗った男、かなりの力を持っているな。

その魔力を使ってやることが、こんなことだというのが残念で仕方ない。

すぐに別の冒険者が駆け出したが、次郎の視線はルカへと向けられる。

「それじゃあルカちゃん！　一緒にあの世で幸せに暮らそうね……っ！」

放たれたのは、火魔法。

ルカの顔を狙ったその一撃は――しかし俺が片手で受け止めた。

「うおっ！　あつっ⁉」

「へ？」

俺が火を払うように手を動かすと、男は怯《ひる》んだ様子を見せたがすぐにルカへと飛び掛かる。

だが、その顔面を俺は鷲摑《わしづか》みにした。

「は、放せ！」

「放したらおとなしくしてくれるか？」

「するかバカ！」

「じゃあ、放さないって」

俺が思い切り力を籠《こ》めると、彼は悲鳴をあげながら俺の腹を蹴りつけてきた。

「てめぇ……！　麻耶のための服なんだぞ!?」

せっかく麻耶のためにおしゃれな服を選んできたというのに、靴跡がついてしまった。

地面を転がりながらもすぐに体を起こし、男は狂気に染まった表情とともに叫ぶ。

「邪魔するな！」

多少の身体強化を使っているのだろうが、かなり粗末なものだ。

振りぬかれた拳をかわすと、即座に魔法が襲い掛かってくる。

その連携技は見事だ。本当に、冒険者として鍛えていればそれなりの実力者になれただろうにもったいない。

こちらに迫ってきた火を――俺はローソクの火でも消すかのようにふっと息を吹いて消し飛ばした。

こうしていると誕生日を思い出すな。

麻耶が一生懸命作ってくれたケーキ。それに麻耶がローソクをさして火をつけて俺の誕生日を祝ってくれたんだ……。

男は驚いた様子だ。

まさか、こんなあっさり処理されるとは思っていなかったようで怯《おび》えた表情で俺を見てくる。

「ば、化け物……っ」

「いやいきなり人に奇襲仕掛けておいて人をそう呼ぶのは酷《ひど》くない？」

「う、うわあああ!?」

男は慌てた様子で逃げ出したが、俺はその先へと移動し彼の前に立つ。

逃げ道をふさがれた男はそれでも諦めずに拳を握りしめる。

無駄に度胸のあるやつだな。だから、こんな行為に及んだのかもしれないが。

迫ってきた男の拳をかわし、その手首を摑《つか》んだ。

「放せ！　放してくれ！」

俺は拳を固めて男に微笑《ほほえ》みかける。

最後の別れは笑顔で。これ大事。

男は必死に俺から逃げようとしたが、逃がすわけがない。

俺はぐっと拳を握りしめる。

「蹴りとパンチどっちがいい？」

「い、嫌だ！　やめてくれ！」

「んじゃ頭突きで！」

本人の意見を尊重し、蹴りも拳もやめてあげて思い切り頭突きを放った。

「あがっ⁉」

悲鳴が僅かに漏れると同時、彼はそのまま倒れた。

意識がなくなったようだ。

……まったく。

俺は戦闘によって汚れてしまった服を見て、がくりとうなだれる。

この服は去年の五月三日に麻耶と一緒に買いに行ったお気に入りの服だったのに……。

また今度で買いに行かないと。

そんなことを考えながら、ちらとルカを見る。

驚きと戸惑い、そんな表情のまま彼女はぺたりと座り込んでしまっていた。

「怪我《けが》してないか？」

「え……あ……う、うん」

手を差し出すと彼女は困惑したままの表情で俺の手を掴んだ。

とりあえず、外傷はなさそうだよな。

「良かった良かった」

ひとまず、気を失っている男は冒険者たちが取り押さえてくれている。

問題、なさそうだな。

一連の騒動で騒がしかったイベント会場は、すっかり静まり返っている。

ていうか、なんか皆の注目が俺に集まってしまっているように感じる。

改めて俺は近くにいたスタッフに声をかける。

「サイン会は無事続行で大丈夫か？　大丈夫ですよな？　ていうか俺また並び直したほうがいいです？　どうなんですか？」

「え、えーと……そ、それは」

スタッフは何やら困惑した様子でちらちらと周囲を見ていた。

もうすぐ麻耶のサインをもらえるのだ……。

ここで、中断されてしまっては困る。

お願いだから、俺までではいいから続けてくれ……っ。

そんなことを考えていると、近くにいた女性が俺を見て何やら感動したような目を向けてくる。

「あ、あの……本物のお兄さんですか？」

「おいこら。誰がお兄ちゃんだ。おまえの兄になった覚えはないぞ？」

俺がじとりとそちらを睨《にら》むと、彼女は歓喜の声をあげる。

「ほ、本物だ！　ファ、ファンです！　サインください！」

その対応で、なぜか本物認定されてしまった。

彼女が目の色を変え、鼻息荒く迫ってくるとさらに別の人たちまでも寄ってくる。

「オ、オレもです！　生お兄ちゃん見たかったんです！」

「この前のミノタウロスの戦闘興奮しました！　ぜひまたお願いします！」

「さっきの凄《すご》かったですね!?」

「ルカファンですけど、お兄さんのファンでもあります！　お兄さん！　サインくださ い！」

ミノタウロスの群れのように、人々が俺へと集まってきた。

迷宮配信者事務所「リトルガーデン」について語るスレ１０１

５４１：名無しの冒険者

【速報】至宝《しほう》ルカ、襲撃される
542：名無しの冒険者
は？　どういうことだよ⁉
543：名無しの冒険者
サイン会に過激なファンが参加していたらしくて、それで魔法で攻撃されそうになった
とかなんとか
544：名無しの冒険者
魔法って……本当厄介だよな
事前に持ち物検査したところで防げないもんな……
545：名無しの冒険者
一応魔力を封じ込める魔道具はあるけど、さすがに全員につけられるほど準備できない
からな……
546：名無しの冒険者
魔法相手じゃどうしようもないよな
547：名無しの冒険者
ルカちゃんは大丈夫だったのかよ⁉

５４８：名無しの冒険者
Ｔｗｏｔｔｅｒ《ツウォッター》のトレンドやばくないか？
物騒なことしか書かれてないんだけど
５４９：名無しの冒険者
緊急搬送とかは嘘《うそ》だぞ
あれは適当なこと言ったファンが原因だ
５５０：名無しの冒険者
マジで？
でもルカちゃんは大丈夫なのか？
５５１：名無しの冒険者
それが、現地にいたお兄ちゃんが守ったらしい
５５２：名無しの冒険者
……は？
５５３：名無しの冒険者
ワロタｗ　お兄ちゃんマジで行ってたのか
５５４：名無しの冒険者

SNSとかやってないからお兄さんの行動とかまったく分からないんだよな……
555：名無しの冒険者
公式のSNSあるぞ？
なお、【本人がやりたくないと話していたので、事務所で運営しています】という注意書きがあるけどな
配信日とかは告知されるけど、本当それだけ
556：名無しの冒険者
あそこまで堂々と代理たてて炎上しないのは凄いよなw
557：名無しの冒険者
普通代理でやっているのバレたら結構言われるからな
558：名無しの冒険者
だから最初から代理でやってることを公開してるんじゃないかw
559：名無しの冒険者
炎上というか変な感じに注目されてるけど、もう信者みたいなやつらがいるおかげで無傷なんだよなぁ
560：名無しの冒険者

そもそも、炎上しても本人に声届かないしな
561：名無しの冒険者
いや、マヤちゃんが配信で言っていたけど、「炎上したらお兄ちゃんに伝えてるよー」
って配信してたぞ
562：名無しの冒険者
マヤちゃん鬼で草
563：名無しの冒険者
っていうか、どうなんだ？　現地の情報はないのか？
564：名無しの冒険者
撮影とかは禁止されてたからな。SNSでの文章での報告しかない
565：名無しの冒険者
現地民だけど、流れ書く
ルカファン？がサインの番になる
奇妙なこと叫んでルカに魔法で攻撃
お兄さんが間に入って男ボコス
そこからいつものお兄さん無双

犯人は警察に引き渡してとりあえず、一時間程度遅延したけど、落ち着いたところでサイン会継続

以上

566：名無しの冒険者

おつ

お兄さんが真っ先に気づいてたんだよな。さすがだわ

567：名無しの冒険者

もしかしてやらせか？

568：名無しの冒険者

現地民だけどやらせは考えにくいな

警察も来てたし

569：名無しの冒険者

お兄さんは魔法発動するのが分かったみたいなんだよな

570：名無しの冒険者

え？　そんなことできるのか？

571：名無しの冒険者

一応高ランクの冒険者は把握できるらしい
まあ、現地の護衛の冒険者はCランクくらいだし、まず感知能力高くないと難しいぞ？
相手の魔力の強弱は感じられるけど、魔法の発動のタイミングとかまでわかるかはわからん
書いてて思ったけど、お兄ちゃん一流の領域なのか？　マジ？
572：名無しの冒険者
まあ、お兄さん、黒竜ソロで倒してるし、そのくらいできてもおかしくはないけど
ていうか、お兄ちゃんいなかったらルカちゃんマジで危険だったんじゃないか？
573：名無しの冒険者
いなかったら顔に火魔法喰《く》らってたからな。最悪死ぬ。最低でも顔にやけどの跡が残ってたはず
574：名無しの冒険者
うわ、最悪だろ……アシッドアタックみたいなもんだよな。
575：名無しの冒険者
やっぱり現代だとよほど警備を厳重にできない限り、リアルイベントはやめたほうがいいよ

この前も芸能人のイベントに乱入されて魔法をぶっ放されたとかあったしさ
そういう犯罪者集団っていうのもいるみたいだし
576：名無しの冒険者
本当な……
「リトルガーデン」もそこらへんしっかりしたほうがいいよな
577：名無しの冒険者
ていうか、ルカファンはあんまりお兄ちゃんに絡むのやめてやれよ
ルカちゃんが配信でコメントしてから、めっちゃさわいでたよなw
578：名無しの冒険者
あれがあるから、男性配信者のデビューはしてこなかったんだもんなw
この前の炎上はそれだったみたいだけど、命助けてもらってんだから感謝しろよな
579：名無しの冒険者
まあ、さすがにこれでアンチも多少は減るんじゃないか？
580：名無しの冒険者
それはそれ、これはこれ。っていってるやつが多いんだよな
581：名無しの冒険者

どちらにしろ、今夜のルカ×マヤコラボ配信が楽しみだな。
582：名無しの冒険者
そこで今回起きたことを色々聞きたいよな
でも、あんまり話したい内容じゃないよなぁ
大丈夫か？
583：名無しの冒険者
さすがに話すだろ。ファンも心配してたし。ていうか、普通にサイン会継続なんだな
……やばくないか？
584：名無しの冒険者
やばくないぞ
お兄さんがマヤちゃんのサインもらってからは警備の手伝いしてるから
585：名無しの冒険者
草
586：名無しの冒険者
お兄さんが警備とか豪華すぎるｗｗ
ていうか、それなら冒険者の警備いらないじゃん

587：名無しの冒険者
冒険者たちはお兄ちゃんのほうに並ぼうとしているファンたちを整頓してたぞ

588：名無しの冒険者
草

無事、サイン会を終えた私は今日のイベントに一緒に参加していた麻耶ちゃんとともに、事務所へと戻ってきていた。

サイン会のあと、私と麻耶ちゃんは事務所でコラボ配信をする予定だったから。

事務所に戻ってきた私は……まだ、少しドキドキしていた。

……何事もなく終わって、良かった。

イベント会場にいたときはただただそのことばかりを考えていた。

急に現れた……悪意を持った存在。

私だって、Cランク冒険者だ。もしもあそこが迷宮で、対峙《たいじ》しているのが魔物なら……反応もできていたと思う。

でも、実際は、違う。相手は悪意を持った人で、私の命を狙っていた。

恐怖で体が竦《すく》み、まったく動けなかった。

……そんなとき、自分の怪我《けが》も顧みずに体を張って守ってくれたのは――。

「……麻耶の、お兄さん」

颯爽《さっそう》と現れ、怯《ひる》むことなく私を庇《かば》ってくれて――。

一切の反撃の余地を与えず、犯罪者を無力化し――。

私を安心させるために、手を握って微笑《ほほえ》みかけてくれた。

最後には、無償で警備の手伝いをして、会場の人たちを……ううん、何より私を安心させてくれた。

正直言って……襲われた後からずっと怖かった。

あのままサイン会を続けることができたのは、お兄さんがすぐ近くで守ってくれていたからだ。

「……かっこ、よかったな」

ぽつりとつぶやいた自分の言葉に、恥ずかしくなってしまった私はぎゅっと唇を噛《か》んだ。

違う……別に、深い意味はない。

そう自分に言い聞かせていると、部屋の扉がノックされてびくりと肩が跳ねあがる。

一度大きく息を吸って、乱れていた呼吸を整えてから、扉を開ける。

「流花さん。今日はわざわざコラボしてくれてありがとうございます」

そこには、無邪気に微笑む麻耶ちゃんがいた。

私と麻耶ちゃんは高校生同士。私のほうが一つ上だけど、年齢が近いということもあってプライベートでの交流が多い。

「ううん。私も麻耶ちゃんと一緒に配信したかったから。今日は楽しもう」

……うん、いつも通りの微笑を浮かべられたと思う。

麻耶ちゃんと関わっていると、どうしてもお兄さんの顔が浮かんできてしまい……意識しないようにする。

「はい。よろしくお願いします！」

麻耶ちゃんがわざわざ、という言葉をつけたのはたぶん登録者数の関係だと思う。

コラボ配信が決まったときの麻耶ちゃんの登録者数は十万人。私のほうが多かったから、『わざわざコラボしてくれた』という感覚なのかもしれない。

私は別に、盛り上がれる相手とコラボできればと思っているんだけど、事務所の子たちは皆私と接するときはそんな感じだった。

「そういえば、今日の生配信は大丈夫なんですか？　サイン会で、えーとその………………色々ありましたけど」

麻耶ちゃんは言葉を選びながら問いかけてくれる。

こちらを配慮してくれる優しさは嬉《うれ》しいけど、ドキリとしてしまう部分はある。

……でも、こんなときだからこそ。

私は休むわけにはいかない。

大事なファンの人たちを安心させるために。

「……大丈夫。ちょっと怖かったけど、あなたのお兄さんが助けてくれたから」

配信を休んだりしたら、きっとファンの皆は余計に心配してしまう。

ここで元気な姿を見せないと。

「あっ、それなら良かったです……。それとお兄ちゃんが……なんかすみませんでした……いつもあんな感じなので」

「大丈夫、気にしてない。それに助けてもらって……凄《すご》い助かったから。お兄さん、強いんだね」

「ふふー！　そうなんです！　お兄ちゃんは凄いんですよ！　でもいつものお兄ちゃんなら異変にもっと早く気づくと思うんですけど、今日はなんか調子悪かったのかもです」

「……もしかして、麻耶ちゃん見てたからじゃない？」

「あっそれはあるかもです。以前も気を抜いて電柱に頭をぶつけちゃったことあったんですよね」

「えっ、それ大丈夫だったの？」

「色々大変でしたよ……電柱折れちゃうし」

「……えぇ」

「はい。あのときはお兄ちゃん凄い！　としか思ってなかったですけど、お兄ちゃんめっちゃ強かったんですからそりゃそうですよね」

嬉しそうに麻耶ちゃんは笑っていた。

……自慢の大事な兄、とは麻耶ちゃんのお兄さんが配信活動をする前からも聞いていた。

どうやら紛れもない本音だけど、ちょっと凄すぎる……。

……そんな麻耶ちゃんに、聞きたかったことがある。

「……お兄さん、あのあとしばらくイベントの警備手伝ってくれてたけど、今日は家に帰った？」

「サイン会が中断されてはいけない！」、「俺が警備する！」と叫んでいた。

警備についていた冒険者にも、魔力探知のコツとかを熱心に指導し、冒険者たちの質が一段階上がったとかなんとか……。

……それと、お兄さんのファンたちがサインが欲しいだなんだと少し話をして、事務所のスタッフたちや冒険者たちで断っていたり。

今度はお兄さんが勝手に麻耶ちゃんのチャンネルのアドレスが載った名刺のようなものを配ろうとして霧崎さんに怒られたり……。

とにかく会場にあった悪い空気はすぐになくなっていた。

お兄さんが配慮して、空気を悪くしないようにしてくれたのかもしれない……。

それはまあいいとして。

彼は私のことはまったく知らないというのに、あそこまでファンや……私のことを大事に守ってくれていたのが、嬉しかった。

ただ、混乱していて、あそこまでしてくれたお兄さんにお礼も何も言えていなかった。

もしもまだ近くにいるのなら、お礼を言いたかったんだけど――。

「はい。今日の配信を見るために準備する！　って言ってましたね」

「そっか……」

相変わらず、妹が大事なお兄さんだ。

……でも、麻耶ちゃんから聞いていたから理由も分からないではない。

両親が魔物に殺されてから、お兄さんと麻耶ちゃんは二人だけで生きてきた。

当時小さかった麻耶ちゃんは、そこまで生活が変わることなく過ごせたことを、今では凄い感謝している、と。

ここまで二人が仲良くなったのは当然だと思う。

……二人が大変な思いをしてきたことは知っていたから、私はなるべく配信で二人が生活できるようにという意味でちょこちょこお兄さんの配信にコメントを残していたけど……あれのせいでちょっとだけ炎上させてしまった。

謝罪やお礼、色々と伝えたいことがあった。

麻耶ちゃんがいるから配信を見てくれるだろうし、そこでお礼は伝えるつもりだ。

……それとは別に、お兄さんに直接会ったときにもまた伝えよう。

「お二人とも、そろそろお時間です」

「流花、大丈夫？」

私たちそれぞれのマネージャーが部屋に迎えに来てくれた。

私のマネージャーは今日のサイン会のこともあってかなり心配してくれていたが、私は首を縦に振った。

「大丈夫。麻耶ちゃん、行こっか」

「はい！」

……とりあえず、まずは今日の配信から始めていかないと。

私は麻耶ちゃんとともに配信を行うための部屋へと移動する。

そこに着いたところで、私たちは椅子に座る。

ここは以前、お兄さんが配信に使った場所だ。事務所で配信する場合は、いつもこの部屋を使う。

これ、お兄さんが座った椅子という可能性もある。

いやいや、変なことは考えない。

一つ咳《せき》ばらいをしてから、私は配信モードに切り替える。

お兄さんも見ているんだ。変な姿は見せられない。

それからすぐに配信が始まり、いくつもの心配するコメントが表示された。

〈なんかSNSで見たけど、不審者に襲われたんだよな!?〉

〈ルカちゃん大丈夫なの!?〉

「わっ。流花さん。凄く心配されちゃってますよ!」

麻耶ちゃんがコメントに反応する。

事前にこの流れは予想していたので、私は少し説明口調になりながら話していく。

「……とりあえず、私は無傷だった。その場にいた人たちに取り押さえてもらったから、心配しないで」

ピースを作ると、コメントにも「良かった」、「心配してた」といったものが増えていく。

これで、ひとまず一段落だ。

私も安堵《あんど》していると、今度は別のコメントが来ている。

〈なんか現地にいた人たちに聞いたけど、お兄さんが助けたんだろ？〉

〈マジでサイン会行ってたんだな……〉

〈お兄さん配信見てるのかな？　ルカちゃんを助けてくれてありがとう！〉

〈公式チャンネルあるんだし、そっちでコメントとか残してくれないかな？　本当にありがとう！〉

……それは確かに私も思った。

あとで直接お礼を伝えに行こうとは思っていたけど、その前に事前に話くらいはしたい、と。

私も自分のチャンネルでお兄さんや麻耶ちゃんの配信にコメントを残しているので、お兄さんにも返事してもらえたらなぁ、と思っていると、麻耶ちゃんが苦笑していた。

「あっ、お兄ちゃん。自分のチャンネルに関してはログインのパスワードとか知らないんだよね。全部運営に任せる！　って言ってるから」

〈草〉

〈でもマヤファンだし今日の配信は見てるだろ〉

……それは確かにそうかも。

麻耶ちゃんのファンだから、という理由に少しだけ引っかかる部分はあるけど、仮にお礼を伝えるチャンスでもあると思う。

「麻耶ちゃん。お兄さんって配信見てる……？」

「見てるかな？　まあ今見てなくてもたぶんあとで見るかな？」

だよね。

麻耶ちゃんの言葉に安堵していると、コメント欄が大きく盛り上がっていった。

〈ルカファンからです！　お兄さんありがとうございました！〉

〈お兄さんのおかげで今日の配信も見れています！〉

〈現地にいました！　お兄さんめちゃめちゃかっこよかったです！　あなたの弟になります！〉

〈私もあなたの妹になります！　ありがとうございますお兄ちゃん！〉

……なんだか、ファンたちもだんだんおかしくなってきたような気がするけど、うん、気にしないでおこう。

「私からもお礼を言わせて。あのときは色々あってお礼も伝えられてないから……本当にありがとう。また今度、直接お礼を言わせてください」

〈ルカちゃんから直接お礼だと……？〉

〈……せめて、お礼はプライベートじゃなくて見えるところでお願いします〉

〈嫌だよ、ルカちゃんが関わるのは……〉

〈おいおい。ただお礼言うだけでなんだよこいつら……〉

〈一部のルカファンはやばいんだよな〉

〈ルカちゃん、気にしなくていいからな……！〉

コメントは決して多くないけど、やっぱり私のファンからすると嫌な気分になる人もいるようだ。

そこが結構難しいところ。

「あはは。まあお兄ちゃんもそんなに気にしてないから大丈夫だよ。サイン会が中断しなくてよかったよかった、ってくらいだったしね」

〈ファンの鑑《かがみ》か？〉

〈でも実際、お兄ちゃんいなかったら普通はあそこで中断とかだよな……〉

〈ほんと、現地にいたファンとしては感謝しかないわ……〉

〈俺も。地方から今日のために電車乗り継いで来てたからほんと感謝だったわ〉

……それは確かにそうだと思う。

「それなら……良かった。お兄さん、火魔法直撃してたと思うけど大丈夫なの？」

「ああ、大丈夫大丈夫。身体強化で自然治癒能力をあげたって言ってたよ」

「……そ、そんなこともできるの？」

「みたい。お兄ちゃんに聞いたら大丈夫だって」

私は麻耶ちゃんの話に唖然《あぜん》とするしかなかった。

もしも、あの魔法が私に直撃していたら傷が残っていたと思う。

本当に、凄《すご》い人だ。

〈……相変わらず化け物で草〉

〈マジで現役冒険者でも上位のほうだよな？〉

〈上位ではあるよな。海外の冒険者には核兵器級の化け物もいるからな……お兄ちゃんがその領域に到達しているかは分からん〉

〈少なくとも、日本だとトップ級だよな？〉

〈そこは実際に戦ってみないことには分からんな〉

コメント欄ではそんなお兄さんの強さについて考察し始めた。

「実際どのくらい強いんだろうね」

「どうかなぁ……。私もお兄ちゃんがちゃんと戦ってるところあんまり見てないからよく分からないんだよね」

「そっか。この前の黒竜以外で何か強さが分かる出来事とかってない？」

どのくらいの力かはちょっと気になっていた。私も、生まれ持っての魔力量がCランク冒険者ほどある。

でもお兄さんの底は全く見えなかった。

「うーん……そんなに思いつかないかなぁて、あっでも昔修学旅行で新幹線に乗ったんだけどね」

「うん」

「そのとき、お財布忘れちゃって。やば！　って思って目的地に着いたとき、お兄ちゃんがお財布持って待っててくれたんだよね」

「…………どゆこと？」

「私もいつものストーキングかな？　って思って流してたんだけど……」

「それはそれで流したらダメなやつじゃない？」

「いいのいいの。もしかしたら、新幹線より速く走ってきてたんじゃないかって今なら思うんだけど、どうかな？」

「……か、可能性ありそう」

〈草〉

〈何その話〉

〈兄のやべぇ話もっとしろw〉

コメント欄が盛り上がっていく。

……最初、私がお兄さんの配信に出たときは結構コメント欄も荒れていたものだった。

ただ今は、かなりお兄さんも受け入れられているようだ。

私としては、今の雰囲気は嫌いじゃない。

「他には……お兄ちゃんは――。あっ、お兄ちゃんからメッセージ来てる。麻耶の配信が見たいから俺の話はやめろ！　だって」

「いや、これ二人の配信なんだけど……あっ、お兄さん。今日はありがとうございました」

……やはりお兄さん。麻耶ちゃん以外にまったく興味を持っていない。

そこに少し不満はあったけど、ひとまずお礼を言わないと。

何その
草
●LIVE
wwww
●LIVE
兄のやべぇ話もっとし
草ww
え？ww

サイン会のときはバタバタしていたし、終わったらすぐお兄さんいなくなっちゃってたし。

本当は直接会って伝えたいけど、それはまた今度にしよう。

〈マジで配信見てるのか〉

〈お兄ちゃん、ありがとな！〉

〈また今度配信してくれよ！　登録しておいたからな！〉

〈迷宮の配信とか、他の人とのコラボとかでもいいからな！〉

神宮寺《じんぐうじ》リンネ〈それなら是非私にも迷宮攻略を教えてほしいです！〉

「あっ、リンネちゃん来てるよー」

「本当だ。リンネちゃんも冒険者学園に通ってる子だし相性いいかも？」

〈リンネちゃんじゃん〉

〈確かに、リンネちゃんは冒険者学園通ってるんだし、それはありかもなｗ〉

事務所の、私たち配信者同士のグループＬＵＩＮＥ《ルイン》があるのだが、男性がデビューすると聞いたときは皆、お兄さんのほうを心配していた。

というのも、やはり女性しかいない事務所なので、ファンの人たちからすると思うところがあるようなのだ。

私は一応彼の先輩なので、ほっとしていた。

……まあでも、これはお兄さんのキャラ性のおかげでどうにかなっているのかもしれない。

「あっ、それでお兄ちゃんについてなんだけど……」

「……あっ、続けるんだ」

「うん。結構お兄ちゃんに会いたい人がいるみたいだから、一つアドバイス。お兄ちゃん、夜とか、人目につきにくいときは空跳んで移動するから目のいい人は見つけられるかも。流れ星を探すみたいな気持ちで夜空を見てみてね」

「いやだよ。流れ星だと思ったら麻耶ちゃんのお兄さんだったなんて」

神宮寺リンネ〈それは……ちょっと嫌かもです〉

〈最悪で草〉

〈何も願いごと叶《かな》わないどころか呪われそう〉

〈分かりました！　これから空を見続けます！〉

……そんなこんなで、私たちの配信は続いていった。

第四章　麻耶とのコラボ

今日の俺は、可愛《かわい》い麻耶《まや》の配信を手伝っていた。

再び迷宮に入るということで、俺がそのカメラマンを務めているというわけだ。

一応コラボ配信だ。

ただし、俺は前に出るつもりはない。

あとで配信を見直すとき、変なのが映っていてほしくないからな。

早速配信を開始すると、麻耶がぱっと笑顔を浮かべた。

「皆こんばんはっ。今日は前回悔しい思いをした黒竜の迷宮に来てます！」

〈マジかよ〉

〈カメラマンはお兄さんだろ？　なら安心じゃないか〉

〈いや、まあお兄さんいるから大丈夫だとは思うけど……〉

「うん、そこは安心して。お兄ちゃん連れてきたから。ていうかお兄ちゃん、今日はコラボ配信だよ！」

撮影用のスマホを奪い取ろうとしてきた麻耶から俺は距離を取る。

「お兄ちゃんももっと映らないと！」

「俺は麻耶の配信は必ず見直すんだ」

「うんうん、それで？」

「だからノイズはいらん！」

「それなら切り抜き班にお願いしとこうよ！　お兄ちゃんなしバージョンを作ってもらうとかね！」

〈おう、任せろ〉

〈むしろマヤちゃんなしバージョンも作るな〉

「こら！　私まで省かないで！　ってお兄ちゃん、首を傾《かし》げてるけどどうしたの？」

「切り抜きってなんだっけ？」

「あっ、お兄ちゃん知らないんだ。配信の面白かった部分とかをファンの人たちが切り取ってそこだけ動画としてあげてもらうんだよ」

「あっ、たまにオススメ一覧に出てくるな。あれ切り抜きって言うのか。へぇ、なるほど。じゃあ、麻耶の可愛いシーン集、みたいな感じでまとめておいてくれ」

〈了解〉

〈任せろお兄さん〉

「まったくもう……」

麻耶は頰《ほお》を膨らませながらも笑顔を浮かべてくれた。

切り抜きか。これは家に帰ってからの楽しみができたな。

〈ていうか、お兄さんがすでに切り抜かれまくってるんだけど……〉

〈戦闘シーンはやべぇくらいあるよな。どれもついつい見ちゃうくらい爽快感あるけど〉

〈黒竜との戦闘は未《いま》だに滅茶苦茶《めちゃくちゃ》再生されてるよな〉

〈普通に1000万回再生いってるしな……〉

そういえば、「切り抜きからきました！」というコメントも見たことあるような……。

宣伝にも一応なるんだな。

「今日はトラップにも気づいてくれるんだよね？」

「任せろ」

前回は可愛い麻耶を見すぎておろそかになっていた。

というか、そもそも1階層に罠《わな》があること自体が珍しいんだけど。

「それじゃあ、早速戦闘を行っていこうと思うから、お兄ちゃん。問題があったら言ってね」

「ああ、大丈夫だ」

〈問題ってどんな感じだ？〉

〈体の動かし方とかじゃないか？〉

そんな感じで、コメント欄が流れていく。

そこから麻耶による迷宮配信が本格的に始まっていき、戦闘を行う。

黒竜の迷宮の1階層に出る魔物は、ゴブリンだ。

麻耶は短剣を握りしめ、ゴブリンへと近づいてさくっと斬り飛ばす。

戦闘はまったく問題ないな。やっぱり麻耶は強くて可愛いなぁ。

〈……いや、相変わらず強いよね〉

〈こんなに強い理由ってマヤちゃんのお兄さんがやばかったからなんだなぁ〉

〈まったく苦戦しないなマヤちゃんも……〉

そんな感じでコメントされているのだが、俺は麻耶の体内の魔力を視《み》ていた。

今の麻耶でも問題はない。ただ、もっと強くなるためにはきちんと指導していかないといけない。

いつかは黒竜も倒せるようになってもらわないとだしな。

「麻耶。魔力の循環が悪い。インパクトのタイミングでもっとしっかり短剣に魔力を集めるように」

「は、はいっ」

「あと。全身の魔力はもっと均等にまんべんなく。そうじゃないと身体強化のバランスも悪くなるからな」

「分かったよっ」

麻耶はこくこくと頷《うなず》いて、それから一度目を閉じて深呼吸する。

……うん、落ち着いているな。

戦闘になるとまだまだ乱れる部分はあるけど、麻耶の身体強化はそれなりの質だ。

俺が麻耶を鍛えている理由は簡単だ。

麻耶が可愛いからだ。

だからこそ、凶悪事件に巻き込まれる可能性もあるわけで、俺は麻耶を幼い頃から鍛えていた。

そのおかげで、麻耶の身体強化はかなりのものだ。

もっと上のランクの迷宮でも戦えるくらいの能力はある。

さらに言えば、彼女は——

「フレイムショット！」

火魔法の適性もある。近距離、中距離、遠距離と麻耶は俺よりよほどバランスのよい戦闘ができる。

俺が可愛い麻耶をカメラに収めていると、配信のコメント欄では疑問のようなものが増えていた。

〈……どういうことだ？〉

〈やっぱりお兄ちゃん。魔力の流れとか感じ取れるのか？〉

〈身体強化ってちょっと使う分には簡単だけど、高めていこうとすると難しいんだよな？〉

〈そりゃあな。バランスよく強化していかないと、体に負担がかかるからな〉

コメント欄の意見は正しい。

例えば、右腕一本を強化するにしても、手首と指先で魔力の量が違うと、魔力の多いほうが圧迫されてしまう。

だから、身体強化を使用したときに、息切れをする、体が痛む、というのは魔力コントロールのミスが原因だ。

使用する魔力量が増えていけばいくほど、そのコントロールは難しくなる。

「お兄ちゃんは昔から魔力を感じ取るのが上手《じょうず》だよね？」

「ある意味、それしか才能がないんだけどな」

それも迷宮に潜り続けて段々と身に付けていったものだしな。

基本ソロで潜っていたので、敵襲に気づかないと文字通り死にかけるからな。

「でも、お兄ちゃんはかっこいいからオッケーだよ」

「麻耶も可愛いから最高だぞ！」

〈出た馬鹿兄妹《きょうだい》〉

〈草〉

〈二人のやりとりの間にやべぇこと言ってるんですが……〉

〈でも、魔力を感じ取るってかなりえぐい才能だよな〉

〈お兄さんの指導受けたいわ……めっちゃしっかりとアドバイスしてくれるじゃん〉

コメントにそんなことが書かれていて、麻耶がちらとこちらを見てくる。

「お兄ちゃん、今度講座とか開けば？」

「俺教えるの別に得意じゃないぞ？」

「でも、私がそれなりに戦えるようになったのはお兄ちゃんのおかげじゃない？」

「それは麻耶が可愛いからだ」

「関係ないよー」

麻耶は苦笑しながら、ゴブリンを短剣で仕留める。

身体強化に慣れてくると、背後に周り、首をべきっとへし折っていた。

一発で霧になったゴブリンに、コメント欄がざわめく。

〈……マヤちゃんめちゃ強ない？〉

〈前回の黒竜に襲われたときのイレギュラー除くと、普通に高校生の中でも上位の冒険者だよな？〉

〈この兄妹やばいよ〉

〈お兄さん、質問です！　自分遠距離魔法が苦手で、距離をうまく詰められないんですけどどうすればいいですか？〉

これ麻耶の配信なのだが、俺への質問が飛んできた。

俺が答えてもいいが、ここは指導も含めて麻耶に聞いてみよう。

「麻耶。この質問の対応はどうやってやると思う？」

「えっとね……こうやるんだよ！」

麻耶は以前教えた通りのことをやってみせてくれた。

ゴブリンの懐へ一瞬で迫り、短剣で喉をかっさばく。

「一瞬で相手の間合いに踏み込む！」

「そういうことだ。さすが麻耶。質問者さん、分かったか？」

〈できるかぁ！〉

〈脳筋すぎるだろｗｗ〉

〈お兄ちゃん……同格の相手の場合無理です。どうすればいいですか？〉

まあ、それはそうだな。

仕方ないので、今度は俺から説明しようか。

「もうそうなったら遠距離魔法をダメージが出ない程度でもいいから出せるようにするんだ。陽動として使えるからな」

〈なるほどな〉

〈まあ、ダメージがないかどうかは相手も分からないしな〉

〈見掛け倒しでも使ったほうがいいってことか……〉

〈これは確かにその通りだよな〉

「まあ、今回質問者さんは魔法攻撃自体が苦手みたいだから……あとはこれだな」

俺は足元に転がっている小石を見つける。

〈石？〉

〈ああ、なるほど。それでうまく相手の気を引くと？〉

迷宮内ではこういった自然の物質があるから、使い道は色々とある。

コメント欄の解答は少し違ったので、実際に試してみせよう。

ちょうど霧が集まってきて、ゴブリンが出現する。

俺はカメラを小石に向けた後、麻耶に下がっているよう手で合図し、それから、

「シュート！」

俺が思い切り石を蹴り抜く。同時に、小石に魔力を纏《まと》わせる。それで頑丈さを強化する。

石はゴブリンの頭を悠々と貫通して仕留めた。

「こういうわけだ」

「おお、お兄ちゃんさすが。私だとまだちょっとした石とかに穴をあけるくらいしかできないんだよね……」

「いやいや麻耶は可愛《かわい》いし、何より火魔法が使えるんだから気にするなって」

「……そうかな？　でも魔法が準備できない場面もあるんだし、使えるようにはしたいんだよね」

向上心の塊すぎるぞ麻耶……。

やる気に溢《あふ》れている麻耶も可愛らしいので、しっかりとカメラに収めていると、コメント欄が何やらざわついていた。

〈は？〉

〈何言ってんだこの兄妹……〉

〈今、何をやったんだよ……？〉

〈え？　お兄さん小石蹴っただけじゃねぇ？〉

〈なんで小石がスナイパーライフルで射抜かれたようにゴブリンの頭を貫通してるんですかねぇ……〉

そんな質問が来ていた。

きちんと説明しておかないと、視聴者が混乱してしまうか。

「魔力を物にのせて強化しているんだ。武器とかに使う人もいるだろ？　それを突き詰めていけばこのくらいはできる」

〈……マジかよ〉

〈いや確かに剣とかに魔力をちょっと纏わせるやり方は知ってるよ？　でもここまでの威力になるなんて聞いたことないんですけど……〉

〈ちょっとした補助って、感じだよな……？〉

〈いや、結局遠距離相手の対策がバケモンにしかできないようなことなんですがそれは……〉

確かにいきなりここまでやれ、というのは難しい。

「まあ、ここまでは無理でも小石を普通に投げるだけでもいいからな。ある程度投擲《とうてき》の能力を高めること、その場の環境にあるものを使えるように立ち回ることも大事になるってわけだ」

遠距離攻撃の方法があまりない俺としては、そうやって使えるものはなんでも使うというスタンスだ。

遠距離攻撃できる魔道具などもあるが、それを購入するには金がかかるし、メンテナンス費用も必要だしな。

〈なるほどなぁ……〉

〈戦闘面に関してはお兄ちゃん結構理知的だな〉

〈こうして話している分には普通にできる冒険者だなぁ〉

〈やってることは脳筋に見えるけど、すべて鍛え上げた結果だもんな〉

まるで普段の俺がまともではないみたいなコメントが散見されるが、俺は普段からいたって普通だと思うが？

「まあ、そういうわけで魔力の強化訓練からがオススメだ。体内での身体強化を行って、体に負担、異常が出た場合は失敗だから失敗しないように反復して練習。物を魔力強化する場合は、紙とかティッシュのようなものからがオススメだな。そこまで金かからないし、うまくできればまあ、普通に斬れ味抜群になるからな。失敗したときは壊れるから見極めやすいし」

俺は近くの雑草を引っこ抜き、魔力を伝達させる。

それまでだらんと垂れ下がるようになっていた雑草たちは、魔力を帯びるとピンと伸びた。

「こんな感じでピンと伸びれば、うまく伝達できてるってわけだ。ここから、魔力を鋭く磨くようなイメージで強化していくと斬れ味が増していく。極限までいけば――」

俺は近くの木に近づいて、振り抜くと雑草は木を切断した。

〈おおおおお!?〉

〈マジかよ……〉

〈ここまでできたらもう武器いらないじゃんw〉

〈化け物すぎるだろw〉

「武器はあったほうがいいぞ？　強化元の物が頑丈なほうが強化しやすいし、強化の限界値も伸びるからな。俺だって、まったく武器を使わないわけじゃないぞ？」

〈え？　マジで？〉

〈剣とかも使うんですか？〉

「ああ。まあ、そのときの気分だな」

〈え？　どゆこと？〉

〈武器を使いたいときに使うって感じか？〉

〈強者ゆえの発言だなｗ〉

「まあ、そんな感じだな。例えば──」

俺はいつものように魔力凝固を発動し、魔力を固めていく。

その形を、今回は剣のようなものへと変換していく。

形は大剣のような感じだ。俺はそれを右手に持って、軽く振る。

刃《やいば》の部分を鋭く、強固にして……完成だ。

「即席でこんな感じで剣を作るとかだな。まあ、そんなに長時間は持たないし、めっちゃ強化しても何度か使ってるとすぐぶっ壊れるからな。強いっちゃ強いけどあんまり使いたくないんだよな」

まあ、それでも体よりは頑丈に作れるのでマジでやばい相手と剣戟《けんげき》をする際には使う必要もあるけど。

〈え？　マジで⁉〉

〈魔力凝固でこんなに安定化させられる奴《やつ》いるのかよ……〉

〈お兄さん、やばすぎる……〉

俺が今回作った剣は、そこまでしっかり作っていなかったのですぐに破損してしまった。

「ま、こんな感じだ。皆も麻耶の放送でも流しながら訓練してたらいいんじゃないか？」

そうすればマヤチャンネルの再生数も伸びる。

完璧な作戦だな。

〈この配信普通に冒険者学園とかの指導で使えるよな〉

〈ていうか、お兄さん。マヤちゃんの指導しているのを見るにめっちゃ教えるのうまそうだな……〉

〈魔力の感知とかに関してでいえばお兄ちゃんはずば抜けてるからな。ちょっとしたことも指摘してくれるし〉

「そういうわけで、まあまた何かあれば俺の配信のときにでも質問してくれ」

〈いやあんた配信あんまりやらんやんｗ〉

「だって、マヤの配信見るのに忙しいし……」

〈草〉

〈ていうかこれコラボ配信なんだし別にいいんじゃないのか？〉

「だから、あとで振り返ったときに俺がいたら嫌なの！　ちゃんと切り抜き頼むぞおまえら！」

〈切り抜きってそういうのじゃないんだけどなぁ……w〉

〈まあ、別にいいけどよw〉

〈ほんとこの人自由だなおいw〉

そんなこんなで、ちょこちょこ麻耶に指導しながら配信を行っていった。

しばらくして、配信も終わりの時間に近づいてきた。

麻耶と話しながらだと時間があっという間に過ぎてしまうな……。

「それじゃあ、また今度ねー！」

「よっし、やっと終わった終わった」

「お兄ちゃん、まだ配信切ってないから！　お兄ちゃんのダメなところ入っちゃってるよ！」

「え？　マジで、あとでカットしておいてくれ」

「それも入っちゃってるから！　ああ、もう！　それじゃあ、ばいばい！」

麻耶が笑顔とともにそう言ってスマホに手を振ってから、配信を終了した。

あれから何度か戦闘を行いながらの雑談配信は特に問題なく終えた。

「うーん、無事終わったね」

「そうだな」

麻耶の可愛いところをしっかりとカメラに収めることができた俺としても最高の気分だった。

とはいえ、後で見返すと俺も映っているんだよな。しっかり俺の部分だけカットされたお兄ちゃんカット版を期待しよう。

そんなことを考えていると、麻耶が嬉《うれ》しそうに笑った。

「最近はお兄ちゃんのおかげで注目されてるからか、街中でも声かけられることあるんだよ」

「それは麻耶が可愛いからだろうな」

「いや、お兄ちゃんのおかげだからね。お兄ちゃんは大丈夫？　お兄ちゃんなんてテレビとかでも大きく報道されてたから凄《すご》いことになってるんじゃない？」

「俺は別に。最近は魔力を抑えて移動してるから、大丈夫だな」

「それなら良かったぁ。お兄ちゃん、学校でも凄い話題になってるんだからね」

「そうなのか？」

「もう凄い人気でお兄ちゃんに会いたいっていう子もいるくらいなんだから。どう？　紹介してあげよっか？」

「いや、別に興味ないから」

「えー、現役女子高生だよ？　お兄ちゃんもたまには女っ気出さないと」

「それは普通に犯罪になるからダメだっての。麻耶こそ、彼氏とかいないのか？」

「ふふーん、どうでしょう？」

「……かかかか彼氏、い、いるのか？」

動揺を悟られないように声を抑えて問いかける。

「今はいないから安心してよ。そういえば、流花《るか》さんって……覚えてる？」

「ああ。麻耶のサイン会にいた人、だよな？」

「いや、流花さんと私のサイン会ね。直接お礼とか言えてなかったから、あとで会って伝えたいって言ってたよ？」

「別に気にしなくてもいいんだけどな」

それに配信でお礼を言ってくれていたしな。

こちらとしても別に感謝を求めて助けたわけじゃない。

どちらかというと、麻耶のサイン会が潰れてほしくないという下心からの行動だったし、あまり褒《ほ》め称《たた》えられても複雑な心境だ。

「いや、あそこまでのことがあるとね。まあ、事務所としても二人が会えるように場をセッティングするとは言ってたから、そのうちまた会うかもね」

「そうか」

別にそこまでしなくてもいいのにな。

ただ、こちらがいくら断っても向こうが気にしているというのなら、受け取っておくべきだろう。

向こうの気持ちの問題もあるしな。

迷宮から出たところで、麻耶が「あっ」と短く声を出す。

「お兄ちゃん、そろそろ冷蔵庫の中が減ってきちゃったから、スーパー行かない？」

「おう、いくらでも荷物持ちするぞ！」

「それじゃあ、行こっか」

俺の隣に並んだ麻耶がぎゅっと手を握ってくる。

柔らかな感触を確かめるように握り返し、俺たちはスーパーへと向かって歩き出した。

第五章　お礼配信

「ルカとのコラボ配信ですか？」

リトルガーデンの事務所に呼ばれた俺が、霧崎《きりさき》さんの言葉を反復する。

「はい。今、流花《るか》さんと迅《じん》さんに対してのことで、リトルガーデンにメールが届いているんですよ」

「俺とルカですか？　ルカって確かこの前麻耶《まや》とコラボ配信していた子ですよね？」

麻耶が関わってくれていれば俺としても記憶に定着しやすい。

「そうですね。迅さんがサイン会で守ってくれた人です。あのときは本当にありがとうございました」

「いえいえ、麻耶の大事なサイン会を潰されたら大変ですからね」

俺がそう言うと、霧崎さんは苦笑していた。

霧崎さんも麻耶のサイン会がなくなっては困るから笑っているのだろう。さすが、麻耶のマネージャーだ。

「そちらに関しては一度落ち着いたのですが、今度は迅さんにお礼を直接言いたいという意見が多くなりまして……」

「え、なんでですか？」

「……それは、迅さんが流花さんを助けたこととかあまり話題にしないからですね。この前の麻耶さんとの配信でもそうですけど、迅さんがまったく自分から発信しないから誰も触れられていないんですよね。一応、デリケートな問題でしたし……」

「別に騒ぎ立てるようなことでもないですから、わざわざ発信することじゃないですよね」

「迅さんからすればそうですが、世間的に見れば大事件ではありますので……。そこで、改めてお礼を伝える場を設けたいということになりまして、流花さんと一緒に配信をしていただこうかということになりました」

「そうなんですね。でも、それルカは大丈夫なんですか？」

「今回の話は、流花さんからの提案でもあります。改めてちゃんとお礼を伝えたいと」

話を聞いているだけではあるが、どうやらルカという子はかなり真面目なようだ。

……こういう場合、お礼を受け取っておかないと相手も気にするかもしれないよなぁ。

「そういうわけで、今週末くらいにこの事務所で行う予定なのですが、大丈夫でしょうか？」

「ええ、俺は大丈夫ですよ」

「それではお願いします」

打ち合わせ、というよりもスケジュールの確認という感じで話し合いは終わった。

ルカ、ね。

あまり、顔と名前が一致しないがまあ何とかなるだろう。


俺は麻耶とともに、事務所へと足を運んでいた。

今回は俺とルカとのコラボ配信なのだが、麻耶も同席する予定だ。

一応、司会としての役割だが、麻耶には緩衝材としての役目も担ってもらうとのことだ。

俺はいつも通りの格好で麻耶とともに事務所へ来ると、制服姿の女性がそこにはいた。

「あっ、流花さん！　こんにちは！　今日はよろしくお願いします！」

麻耶が制服姿の女性に元気よく挨拶をしている。

ということは、彼女がルカ——花峰《はなみね》流花だろう。

今日は金曜日なので麻耶も流花も学校だ。流花の制服はどこか高級そうな作りをしていて、そこそこの学校に通っているのが見て取れる。

そんな彼女もこちらに気づき、向こうのマネージャーさんと思われる人が会釈をしてきて、流花も慌てた様子で頭を下げてきた。

「お、お兄さん。今日はコラボのお話を受けてくれて、ありがとう」

僅かに上ずった声。

どこか緊張しているようにも見えるのは、気のせいではないだろう。

流花は配信にかなり慣れているみたいだけど、そんな彼女でもコラボとかになると緊張するものなのかもしれない。

「流花さん、今日はよろしくお願いしますね」

「ううん、麻耶ちゃんもよろしくね」

ぺこりと麻耶が頭を下げると流花は微笑を返していた。

「今日はよろしくな」

「う、うん」

俺もとりあえず声をかけるのだが、流花は少し困った様子で視線を逸《そ》らして頭を下げると、マネージャーさんとともに歩いていった。

その態度を見て、俺は麻耶をちらと見る。

「……なんか、避けられてないか？」

「うーん、避けてるっていうより……照れてるって感じだね」

「照れてる？　なんでだ？」

「それはまあ、私の口から言うのはねぇ」

麻耶はにやりとこちらを見てからかうように笑う。とても可愛《かわい》らしい表情に一瞬意識が飛びかけたからか、彼女の発言の意味までは分からなかった。

まあ、避けられていないのならいいか。

俺たちは少し時間を潰したところで配信を行う部屋へと向かった。

すでに流花も待っていて、並べられた椅子に座っていた。

椅子のみが三つ置かれていて、流花、俺、麻耶という並びで座る。

事前に、簡単にではあるが打ち合わせを行っていた。まあ、とはいえ自然な形での配信を行いたいという希望もあり、「この前の事件についてお礼を言う場面を入れること」以外はわりと自由に雑談しても良いよという感じだ。

ちらと隣に座る流花を見るとぴしっと背筋を伸ばして、冷たさを感じる表情だ。ただ、俺と目が合うとそれまでの冷静な様子が崩れ、体が震えている。

まるで彼女の真下で地震でも起きているかのようだ。

大丈夫だろうか？　実は体調が悪いのではないか？

しかし、周りに彼女を心配する人はなく、スタッフの声が響く。

「それでは、そろそろ配信始めまーす！」

「分かりました！」

「お願いします」

麻耶と流花が元気よく頷《うなず》き、流花は少し前髪を整えるように触った。

俺も社会の窓が開いていないかどうかだけ確認していると、配信が始まり、部屋に置かれたモニターにコメントが流れ始める。

〈おっ、始まった！〉

〈ルカちゃん久しぶり！〉

〈マヤちゃん、今日も可愛い〉

〈おお、お兄ちゃんとのコラボ配信マジで来たのか！〉

〈やっとこの時が来たのか！〉

〈初めまして、お兄ちゃんのほうから来ました〉

コメントには初めまして、といった感じの人で溢《あふ》れていた。

今回の配信はリトルガーデンの公式チャンネルで行っているものだからだろう。

「至宝《しほう》ルカです。皆、久しぶり」

「麻耶です！　今日は司会進行役としてお呼ばれしました！」

「どうも、麻耶のお兄ちゃんです」

流れに合わせて俺も名乗っておいた。麻耶の兄、ということを伝えることでマヤチャンネルを意識させる作戦だ。

俺たちの自己紹介が終わると、麻耶は張り切っている様子で声をあげる。

「それじゃあ、今回の配信は……なんとあの話題の人にお越しいただきました！　今をときめく、私のお兄ちゃんです！　そして、対するは……リトルガーデンでもっとも登録者数の多い女神！　至宝ルカさんです！」

「麻耶ちゃん。その司会のテンションはジャンルが違う」

流花が苦笑とともに指摘している。

それでも、可愛いのだから問題はないだろう。

「あれ、そうかな？　って、お兄ちゃんどうしたの？」

「いや、麻耶に見とれててな。それで、今日は何するんだっけ？」

「もう、お兄ちゃんは。今日はこの前の流花さんとのあれやこれやの問題があったでしょ？　ファンの人たちもお礼を言いたいっていうことで、この場を設けたんだよね」

「ああ、そうそう。お礼なんて別にいいんだけどなぁ。しいて言うなら、マヤチャンネルの登録さえしてくれればあとは何もいらないぞ？」

「だそうです」

流花が苦笑とともにカメラに視線を向けると、コメントがモニターに映る。

〈おお、お兄ちゃん。さすが〉

〈ばっちり登録しておいたぞ。もちろん、お兄様のチャンネルもな！〉

〈本当にありがとうございました。我らの女神がこうして今も配信できているのは、お兄ちゃんのおかげです〉

なかなか見どころのある視聴者たちだ。

マヤチャンネルの宣伝ができたのなら、俺としても助けて良かったと思えるな。

そんなことを考えながらコメントを見ていると、

「お兄さん、私からも改めて——。本当にありがとうございました」

流花が真剣な声音で、深く深く頭を下げてきた。

今回の配信では、こうしてファンに流花がお礼を言う姿を見せたかったらしい。

流花の言葉に合わせ、再びコメント欄にはたくさんのお礼が溢れ出していた。

……なんというか、慣れない感覚だな。

お礼を言われることは確かにないわけではないが、こうして数百を超える人数というのはなかなかない。

「まあ、さっきも言ったけど気にしないでくれ」

少し居心地の悪さを感じながら答えると、麻耶がちらと顔を覗《のぞ》き込んでくる。

「あれ、お兄ちゃんちょっと照れてる？」

麻耶がニヤニヤとした顔で頬《ほお》をつついてくる。

……こいつめ。勘がいい。

「まあ、なんかこうやって色々な人にお礼言われる機会とかなかなかないからな」

「お兄ちゃんの新鮮な姿を見られて、私としてもここに来た意味があったよ」

麻耶はなんだか満足そうな様子である。麻耶が楽しんでくれているのなら、まあいいか。

「とりあえず、これで今日の目的は終わっちゃったけどどうする？　せっかくのコラボだし雑談でも続ける？」

「そうか。それじゃあ麻耶と流花でどうぞ楽しんでくれ」

俺も麻耶のリスナーになろうと思ったところで、麻耶と流花に腕を摑《つか》まれた。

「いやいや、お兄ちゃんも必要だからね」

「今日はお兄さんの日常とかについて、突っ込んでほしいっていう意見もあったから。そういうわけで、質問していく」

もしかして俺を省いて事前に打ち合わせとかしていました？

俺が二人の間に座る形になっていた理由はもしかしたらこれだったのかもしれない。

仕方なく椅子に座り直し、問いかける。

「でも、日常ってなんだ？　語れるようなことは何もないぞ？」

「お兄さんの普段の生活について、知りたいっていう意見が多かった。朝起きてからの一日の流れとかって簡単に話せる？」

〈確かに気になるな〉

〈お兄ちゃんって普段何してるのかとかあんまり話してないからな〉

〈聞かなくても一日中マヤちゃんの動画とか見てそうだけどなw〉

俺の一日の生活なんて聞いて楽しいのだろうか。

はなはだ疑問ではあったが、気になっている人たちがいるのなら答えていくか。

「じゃあ、まずお兄ちゃんの起床時間について教えてもらってもいい？」

麻耶は知っていると思うが、彼女からの問いかけだ。

「普段は麻耶を見送るためにちゃんと朝七時くらいに起きてるな」

「そうだね。いつもお兄ちゃんに見送られて私はとても満足です」

「お兄ちゃんも麻耶を見送れて滅茶苦茶《めちゃくちゃ》嬉《うれ》しいぞ！」

「お兄ちゃん！」

「麻耶！」

俺たちが見つめ合っていると、流花が声をあげる。

「二人の世界に入らないで」

〈この兄妹《きょうだい》はw〉

〈相変わらずに仲良すぎだろw〉

〈ナイスルカちゃんw〉

「それじゃあお兄さんは麻耶ちゃんを見送った後はどうしてるの？」

「見送った後は……まあ、日によって違うけどマヤチャンネルの配信を垂れ流しながら日常生活を送ってるな。迷宮行くときもあれば、買い物に行くときもあるけど、まあ基本的にはそんな感じで麻耶の帰りを待ってるな」

さながら忠犬のように。

「至って普通の……生活？」

困惑した様子で流花が問いかけてきて、麻耶も頷いている。

「うーんでも、普通の社会人なら会社とか行ってるからそういう意味だと普通じゃないよね」

「まあ、そこはそうだな」

冒険者として稼いでいけるおかげで、ある程度生活に自由が利くのも確かだ。

〈ニートとかみたいな生活が送れるの羨ましすぎる……〉

〈それでいて冒険者として稼ぎもあるんだろ？　マジで人生の勝ち組じゃねぇか〉

〈お兄ちゃんの家で飼われたいわ……〉

コメント欄では、社会の荒波に揉《も》まれているような人々のコメントで溢れていた。

麻耶との生活を羨む声は思ったよりも少ないな。

それだけ、世の中苦労している人たちが多いのかもしれない。

「まあ、俺の生活はだいたいそんな感じだな。俺ばっかりじゃなくて二人はどうなんだ？　学校生活楽しんでるのか？」

二十代男性の生活を掘り下げたって大した面白みはないだろう。

それよりは二人の話をしたほうがいいはずだ。

「私はもう毎日楽しんでるよ。最近はお兄ちゃんについても色々聞かれるしね。あっ、お兄ちゃんのファンたくさんいるんだよ！」

俺としてはファンとかどうでもいいのだが、麻耶が笑顔なら嬉しい限りだ。

「私も……結構学園で聞かれる。お兄さん、凄《すご》い人気」

「麻耶はともかく流花もなのか？」

「うん。お兄さんのファンが多いみたいで。サインとかもらってきてほしいとか言われることはある」

「おお、お兄ちゃん大人気だね。よかったねぇ」

「まあ、それでマヤチャンネルの視聴者も増えてくれるならいいんだけどな。そこはどうなんだ？」

　俺が配信を始めた最大の理由はそれだからな。俺のファンよりも麻耶のファンに増えてほしいんだよな。

「お兄さんから入った人でマヤチャンネルも登録している人はいるから、宣伝効果はあると思う」

「よし、それなら頑張った甲斐《かい》があったな」

「あっ、でも最近ちょっと問題もあって、お兄さんのことで色々と聞かれることが多くて困ってるから、今のうちに聞いておきたい」

「え？　なんだ？」

「お兄さんって、今彼女とかいるのかって……あっ、学園の人に聞いてほしいって言われただけだからっ」

「いや、いないぞ」

「お兄ちゃんの恋人は絶賛募集中だから」

「麻耶勝手に募集するなっ」

「いやでも妹としてはお兄ちゃんに女っ気がなくて心配なのですよ」

別にそういう機会がなかったというか、麻耶の応援をしているうちに麻耶以外に別段心が揺れ動かなくなったというか。

わざわざ作らなくても現状特に不満とかは感じていないからな。

そんなことを話していると、スタッフの一人がカンペのようなものを出してきた。

なになに？

「スタッフさんからです。なんか、早速、恋人の立候補者のSNSとかすごいみたいだよお兄ちゃん。これからお見合い配信でもする？」

「しねぇ！　全部断っとけ！」

まったく。視聴者たちも悪乗りしやがって。

俺がため息をついていると、そろそろ一時間になる。元々、今日の配信は一時間程度で終わらせる予定だ。

スタッフからも、そろそろ終わりの挨拶を、というカンペが出され、それを見た流花が声をあげる。

「そろそろ、終わりの時間になるみたい」

「みたいだな」

俺が相槌《あいづち》を打つと、流花がこちらを見てくる。そして、また深く頭を下げた。

「改めて……ありがとう、お兄さん」

顔を上げた流花は僅かに口元を緩めていた。

……まあ、こうして麻耶の友人が笑顔でいられるということはそれ即《すなわ》ち麻耶の笑顔を守ることに繋《つな》がる。

「まあ、麻耶の友達なら助けないわけにはいかないからな。今後も何かあれば言ってくれ」

〈草〉

〈守る基準、マヤちゃんかい〉

モニターに映るコメントは、俺へのお礼だけではなくそんなものも増えていた。

むーっと流花が頬を膨らませ、ジト目でこちらを見てくる。

「それって、麻耶ちゃんの友達じゃなかったら助けてくれなかったってこと？」

「いやいや、そんなことないぞ？　困ってる人は助けるように。これ、鈴田《すずた》家の家訓だからな」

「うんうん。お兄ちゃんなんだかんだ言って助けてくれるからね。おなか空いたときに焼きそばパンとかお願いするといいよ！」

「パシリはやらんぞ妹よ」

そんなやり取りをしていると、本当に終了の時間になる。

「それじゃあ、そろそろ終わり。皆、今日はありがとう」

「ああ、そうだった。マヤチャンネルの登録忘れるなよー」

「お兄ちゃんと流花さんのチャンネルもね！」

麻耶がそう付け足して、配信は終了した。


無事、配信も終わり俺たち三人は廊下を歩いていた。

俺たちのやることはもうないため、あとは家に帰るだけなのだが……そのとき、一緒に歩いていた麻耶が思い出したように声をあげた。

「私ちょっと飲み物買ってくるよ！　二人は何か飲みたいものある？」

「え？　いや、俺が買ってくるぞ？」

「いやいや、私が買いに行くから。ほら、何か飲みたいのある？」

「俺は……麻耶のオススメで」

「分かった野菜ジュースで」

「お兄ちゃん、野菜嫌いだから嫌だ」

「流花さんは？」

「おーい、麻耶？　お兄ちゃんの意見聞こえてるかぁ？」

「麻耶ちゃんのオススメで、いいかな」

「分かったよっ。それじゃあ買ってくる！」

……麻耶。

麻耶は俺が野菜嫌いだからか、あの手この手で野菜を摂《と》らせようとしてくるんだ。

でも、麻耶が俺のために買い物してきてくれるなら、黙って受け入れよう……。

俺が麻耶の背中が消えるまで見送ったときだった。流花が声をかけてきた。

「お兄さん。今日は色々、ありがとうございました」

「こっちも、マヤチャンネルの登録者が凄い増えたみたいで……ありがとうって感じだ」

「お兄さんのも伸びてた」

「俺のは別にどうでもいいんだって」

大事なのはマヤチャンネルだからな。

流花は俺の言葉を聞いて笑っていたのだが、それから少しだけ不安そうな表情を浮かべた。

「……お兄さんは、あんまり大事だとは思ってないようだけど——」

そこで言葉を区切った流花は、それから言葉を紡いでいく。

「——私、本当に怖かった」

「流花？」

彼女はそれまで見せたことのないような表情を浮かべた。

そこで、俺は気づいた。

もしかしたら、流花はずっとファンの人たちを元気づけるために笑顔を浮かべていたのかもしれない、と。

彼女のプロ意識に驚いていると、流花はゆっくりと口を開いた。

「襲撃されたあと……体の震えが止まらなかった。でも、サイン会を続けられたのはお兄さんのおかげ、だったから」

「……」

「私にとって、配信者は特別な存在……。私……その、昔ちょっと引きこもっていたときに、ある配信者に元気づけられて……それで、その私も誰かを元気づけられる人になりたい、って思って。……え、えーと……とにかく、怪我《けが》もしないで、今も活動を続けていけているのは、お兄さんのおかげだから。……だから、……その……本当に、ありがとう」

流花は、それまで以上に明るい笑顔を浮かべ、頭を下げてきた。

凄いな、この子は。

ここまで本気で活動している彼女を見ると、「麻耶のためだけ」で活動している自分が矮小《わいしょう》な存在に思えてきてしまう。

「気にするな」

俺は声をかけながら、流花の頭を軽く叩《たた》いた。

驚いたように顔をあげた流花は、少し頬《ほお》が紅潮していた。

「お、お兄さん」

「あっ、悪かった。つい麻耶にやるみたいにしちゃって」

もしかして、あとでセクハラとかで事務所から怒られるのではないだろうか。

一抹の不安を抱いていると、流花は慌てた様子で首を横に振る。

「う、ううん大丈夫だけど……。つ、つまり……ま、麻耶ちゃんみたいに大事ってこと？」

「え？　ああ、まあそうだなぁ」

麻耶の友達なんだから、何かあったら麻耶が悲しむだろう。

そういう意味でいえば、

「麻耶の次くらいに大切な存在だな」

「……ッ」

流花に何かあったら麻耶は泣いてしまうかもしれないからな。

これからは、麻耶のことだけではなく彼女のことも気に掛ける必要があるだろう。

そんなことを考えていると、流花はどんどん顔を赤くしていき、

「……わ、私ちょっと用事思い出したから！」

今にも爆発しそうなほどに顔を赤くした流花は、ニコニコ笑顔でジュースを持ってきた麻耶とすれ違うように走り去っていった。

第六章　凛音の悩み

流花《るか》と配信をしてから数日が経過した。

あの配信では、麻耶《まや》のシーンのみと、俺のシーンのみバージョンの動画が準備され、俺としてはひとまず満足していた。

それでも基本的に会話をしながら配信していたため、どうしても声が重なり、自分の声が聞こえてくることがあり、イラッとする部分はあったけど。

俺は事務所に呼ばれていたので、電車に乗って移動する。

走って行くのもいいのだが、それはそれで疲れはするのだ。

何もないならやはり公共交通機関を利用したほうが楽でいい。

事務所についたところで俺は被《かぶ》っていたフードを外した。

……最近ではさらに注目されるようになってしまい、コンビニにも気軽に行けないんだよなぁ。

俺のチャンネルの登録者数的に、そんなにたくさんの人に認知されるような存在ではないのだが、未《いま》だに黒竜を倒したことなどがテレビなどで報道されるからだそうだ。

冒険者関連の報道をよくしている番組からは、俺への出演オファーも来ているそうだが、悪いがあまりテレビに出たくはなかったので断ってもらっている。

最近は魔物の素材で作ってもらった隠密《おんみつ》服が普段着になってしまったな。

まあ、麻耶に「かっこいいよ」と言ってもらったからいいんだけど。

あのときの言葉は録音しておけばよかったと思いながら、顔パスで通れるようになった事務所内を進んでいくと、霧崎《きりさき》さんに出迎えられた。

「あっ、お久しぶりですお兄さん」

「いやなんでマネージャーさんまで俺をそう呼ぶんですか？」

「いや、もうあなたのことネットで調べても名前では出てきにくいんです。皆お兄さんかお兄ちゃん、ちょっとやばめのファンがお兄様って呼んでいる感じでして……私もそちらのほうがいいかと思いまして……どれが良いですか？」

「さすがに年上にお兄ちゃんと呼ばれるのはきついんですけど」

「……はい？」

なぜだろうか。霧崎さんから放たれる圧が変わった気がする。

だが俺は自分の意見は変えない。

「年上ですよね？」

「……お兄さん。私何歳に見えますか？」

「29くらいですか？　大人っぽいですよね」

「……22です」

「はい？」

「私22ですが？」

「え？　年下ですか？　じゃあ、敬語じゃなくていいか？」

「変わるところそこですか⁉　ていうか、年下相手でも今時はわりと敬語で接しますよ？」

そういうものなのだろうか？　社会人経験皆無なので分からん。

「いや、まあそうですね。これからも29歳くらいの人だと思って接しますね」

「……それはそれでちょっと複雑ですね」

「気にしないでください」

「それ私のセリフですよね？」

「まあまあ、落ち着いて。でも、22歳ってかなり若いですよね。今何年目なんですか？」

色々と思うところはあったようだが、霧崎さんは触れなかった。

「私は高校卒業してからこちらに入ったんです。一応、社会人歴は今年で五年目になりますね」

「そうだったんですね。またいきなりで麻耶を担当するなんて、才能ありますね」

「……それはありがとうございます。高校のときに配信者にドはまりして、それを支える仕事があるということで無事こちらの会社に入ったというわけです」

「それはまた、欲望のままに行動してますね」

ただまあ、それが生きる上では大事なことも分かるが。

「あなたに言われたくはありませんが……。さて、本題ですけど……今日は一つ依頼がありまして、お兄さんに確認をしたいと思ったんですよ」

「依頼？　迷宮とかそっち系の話ですか？」

「いえ、冒険者学園……正確に言えば、冒険者協会からの依頼がありまして。臨時の講師を務めてほしいという話でした」

「分かりましたけど……中学までで一番得意だったの音楽ですけど、行けますかね？」

「教えるのは戦闘に関してです」

なんだそっちか。

麻耶学なら教えられるかもしれないと思っていたが、戦闘のほうか……。

「この前の麻耶さんとの配信で、戦い方の指導をしているところを見て、ぜひ一度学園生にも指導してほしいという話でした」

「……俺の配信、そういう人たちも見てるんですか？」

「見ているみたいですよ。まあ、うちの事務所の子が冒険者学園にいますので、その関係で見たのかもしれませんが」

「へえ、そういう繋《つな》がりなんですねぇ」

「はい。当日はその人に案内などは任せたいという話でしたが……依頼に関してはどうしますか？　受けますか？」

冒険者学園か。

あそこには、将来冒険者になりたいという夢を持って入学する子どもが多くいる。

また、身寄りのない子どもたちを受け入れているという側面もあるため、俺もできる限り協力していきたいとは思っている。

俺も、色々と苦労したからな。

「別にいいですよ」

「え？　本当ですか？　拒否されるかと思っていたんですけど……」

「俺をなんだと思っているんですか。暇なときは仕事受けますよ？」

「あなた普段何もしてないですよね？」

「麻耶の配信振り返ってますけど？」

「……そうですか。いやまあ、時間がある限り推しの動画を見たい気持ちは分かりますので私も何も言いませんが」

冒険者学園は、色々と難しい立場なんだよな。

行く当てのない子どもたちの進学費用を無償にする代わりに、冒険者の道に進ませようとするのだ。

だから、一部では批判の声もある。進路を選べない子どもたちに、冒険者という危険な仕事をさせるのはどういうことだ、と。

ただまあ、それはあくまで一つの進路だ。冒険者にならないとしても、普通教育は受けられるので別に大学受験してもいい。

大事なのは、高校生から冒険者という形でアルバイトができるというわけだ。

校内に迷宮がいくつかあり、放課後など気軽に金稼ぎができるんだよな。

将来のために貯金して、それで自分の希望する進路を目指す子どもたちもいる。

利点、欠点と色々あるが、俺はまあいいんじゃないかと思う。

批判するのなら、それ以上の代替案を出してからにしてくれ、というのが俺の意見だ。

まあ、俺はそんな機関があったなんて知らなかったから高校中退して冒険者になるという頭の悪い道を選んだけどな！

結局、どんなに便利なものでも知られなければ意味がないのである。

世の中、意外と便利なものはあるが、あまり周知されていないことが多いので、何かする場合は自分で調べることが大事だと思い知らされた。

「それじゃあ……神宮寺《じんぐうじ》さんを呼んでおいて正解でしたね」

「神宮寺さん？」

「あっ、知りませんよね……。うちの事務所に所属している子です。迷宮での配信を主にしている冒険者学園に通っている子ですよ。神宮寺リンネという名前で活動して――」

「そ、そこから先は私が説明しますね」

扉を開けて入ってきたのは、長髪を揺らす女性だ。

水色の美しい髪は、魔力の影響によるものだろう。

学校帰りのようで、制服に身を包んでいる。

彼女は俺に気づくと、少し緊張した様子で頭を下げてきた。

「初めましてお兄さん。神宮寺リンネという名前で活動してます。本名は、三中凛音《みなかりんね》と申します。気軽に凛音、と呼んでください」

「初めまして。俺は迅《じん》という名前で活動している――」

「お兄さん……ですよね？」

苦笑気味に訂正してきた凛音に俺は頷《うなず》くしかない。

「……最近だと、そう呼ぶやつもいるみたいだな」

他にもお兄ちゃんやお兄様というのもコメント欄では見かけるな。

「お兄さんで定着しているんですし、それでいいと思いますよ。それで依頼を受けてくれるということで……大丈夫、ですよね？」

「聞いていたのか？」

「そ、その、気になっていたので……扉に耳を当てていました……」

凛音が必死な様子で扉に張り付いている姿を想像して、苦笑する。

「まあな。当日は学園の案内をしてくれるんだろ？　よろしく頼む」

「そう、ですね。……あと、一応コラボという形になるようですよ」

「そうなのか？」

俺が首を傾《かし》げると、代わりに答えたのは霧崎さんだった。

「……一応、当日は神宮寺さんのチャンネルで学園でのお兄さんの指導の様子を配信させてもらうことになりました。まあ、はっきりとコラボ、とは言いませんがそういう形で事務所の他の子とも関わっていければ、と思いまして」

なるほど。冒険者学園での指導、という壁を作ることで受け入れやすくするという作戦か。

麻耶とはすでにコラボした身だが、あれは身内というのもあったからな。

それにしても、あのときの麻耶は本当に可愛《かわい》かった。

視聴者もちゃんと俺がいないバージョンのものなども作ってくれたので、非常に満足である。

「あの、お兄さん？」

「ん？　どうした」

「いえ、急にちょっとトリップしたような顔になっていたので、どうしたのかと」

「悪い。麻耶を思い出してたな。それじゃあ、改めてよろしく頼む」

俺が答えると、霧崎さんはため息交じりに苦笑をし、凛音も似たような表情を浮かべていた。

「本当に、麻耶ちゃんのこと大好きなんですね。私からも、よろしくお願いします。あっ、それと当日配信する前に私も技術的な解説ができるようにしたいので、これから暇なときとか一緒に迷宮に潜ってくれませんか……？　私も、もっと強くなりたいんです……っ」

真剣な目とともに頭を下げてくる。

前向きな彼女の様子に、悪い気はしない。

「まあ、あんまり長い時間は取れないけどそれでいいならいいぞ？」

「あっ、ありがとうございます！　短い時間で頑張ります！」

「ああ、頑張ってくれ。そんじゃこれから行くか？」

善は急げ、と言うしな。これが善なのかは分からないが。

「えっ？　だ、大丈夫ですか？　その麻耶ちゃんの配信とか見る必要があるって言ってましたし……」

「大丈夫だ……一応、朝見てきたから、まだ麻耶エネルギーは切れてないしな」

「……なんですかそれ？」

「麻耶と離れてる時間が長くなると、俺の元気が減るんだ。そういうわけで、元気がある今のうちに行くぞ」

「わ、分かりました……っ？　とにかく、お願いします！」

本当にやる気満々だな。

「それじゃあ霧崎さん。早速行ってきていいですか？」

凛音の提案を受け入れるように、俺は霧崎さんに確認する。

「……はい、大丈夫です。冒険者協会には私のほうから連絡しておきますね」

霧崎さんの許可も下りた。

俺は霧崎さんに手を振ってから、凛音とともに事務所を出ていった。


お互い変装した状態で、事務所の外を歩いていた。

凛音はマスクで隠す程度だ。

俺はフード付きの服で、素顔を見られないようにしている。夜道で出会えば完全に警戒されるタイプの見た目である。

……むしろ変装のせいで目立っている気がしないでもない。

まあ、俺のこの服はそれなりにいい魔物の素材でできていて、隠密《おんみつ》効果もついている。

さらに俺が気配を消せば、最初から認識されている相手以外には意識にも残らないはずだ。

最近、外に出るだけで声をかけられることが増えたので、装備を少し見直したというわけだ。

「凛音も変装してないと声かけられる感じか？」

「たまに……ですかね？　私って登録者は二十万人くらいでして……普通の人から見れば

多いほうですけど、そこまで一般人にまで知れ渡っているほどじゃないですからね」

「そうなんだな……俺だってまだそこまで登録者いないんだけど、やたらと注目されるぞ？」

「それは、まあ黒竜をあんな一方的に倒したからだと思いますよ……」

「らしいな。とりあえず、最近は気配消して行動するようにしてるな」

「……どうやって気配って消すんですか？」

凛音はそこが気になったようで、こちらに問いかけてくる。

「空気と一体化する感覚だな。その場にいないような……迷宮に長く入って訓練するしかないな」

「迷宮ですかぁ……。そういえば、今日入る予定の迷宮のランクは私が決めていいですかね？」

「ああ、別にいいぞ。今はどのくらいのランクに潜ってるんだ？」

今回は俺の戦闘を見せるというよりも凛音の戦いを見るほうが大事だ。

彼女の能力に合わせたほうがいいだろう。

「Eランク迷宮です」

Eランク迷宮か……。

凛音の言葉に、俺は少し考えてしまう。

こうして対面して彼女の魔力を感じると……凛音の持つそれが凄《すさ》まじいことが分かる。

とてもじゃないがEランク迷宮で収まる器ではないと思う。

……それでも、今の彼女がEランク迷宮が限界だというのなら、恐らく魔力を使いこなせていないのだろう。

その辺りを矯正できれば、すぐにもっと上のランクでも通用するはずだ。

「そうか。それじゃあ、近場の迷宮まで案内してもらってもいいか？」

「はい。任せてください！」

元気よく頷いた彼女とともに歩いていく。

街中を歩くときは俺自身気配を消しているからか、特に誰かに気づかれることもなく平和に移動することができた。

無事迷宮に到着したのだが、1階層は人が多いな。

平原のような造りとなっていて、1階層全体をある程度見渡せる。

ここだと、他の人たちの視線を気にしながら戦う必要がでてきそうだ。

凛音もそれを懸念しているようだ。俺たちの視線が合った。

「凛音。もう少し下の階層で戦うか？」

「そうですね。５階層くらいまで行けば人も減ると思いますので、そこを目指しましょうか」

凛音とともに移動していく。道中はほとんど戦闘することもないし、戦うとしても俺だ。

リザードマンもどきが飛び掛かってきたので、首を摑《つか》んでぽきっとへし折って仕留めた。

襲い掛かってくるリザードマンもどきたちを一方的に仕留めていると、凛音が驚いたような声をもらす。

「……動画で見ていましたけど、こうして生で見ると凄まじいですね」

「凛音だって鍛えればいつかはこのくらいできるようになるからな？」

「い、いやいや。私なんて……そこまではさすがに無理ですよ……」

ぶんぶんと手を振る彼女に合わせ、髪も揺れる。

……謙遜は自分の魔力に気づいていないからだろうか？

凛音が今持っている魔力を、使いこなせるようになればAランク迷宮の魔物とも渡り合えるようになると思うが。

まあ、それに関してはあとでまたしっかりと話せばいいだろう。

凛音とともに、５階層を目指して進んでいく。

問題なく5階層へと到着したところで、周囲を観察する。

「まったく人がいないわけじゃないですけど、あっちの林のほうであれば人目にもつきにくいと思います」

そう言って、凛音が指さしたほうを見る。

平原のような造りとなっているこの迷宮には、木々で囲まれた空間などもある。

大岩などもあり、それらを含めて見ると開けているように見えて、案外死角も多い。

確かに凛音が言う通り、あちらであれば人目につくこともないだろう。

凛音とともに林へと入り、動けるようなスペースを見つけたところで振り返る。

「それじゃあ、これから凛音の戦闘を見ていくからな」

「よ、よろしくお願いします！」

「そんじゃ、魔物呼ぶから。準備してくれ」

「ま、魔物呼ぶって……ミノタウロスのときみたいな感じじゃないですよね!?」

「やり方は同じだけど、さすがに他の冒険者もいるからな。あのときみたいに呼んでみるか？」

「む、無理です！　やめてください！　死んじゃいます！」

ぶんぶんと首を横に振る凛音に苦笑しながら、俺は周囲に出現している魔物たちの様子を探っていく。

魔力はすぐに見つかり、そこから冒険者が近くにいない魔物に狙いを定めて、魔力をぶつける。

あくまで、弱々しい魔力だ。

魔物――リザードマンもどきはこちらの魔力に気づいたようだ。餌を見つけたような気分なのか、足取り軽く近づいてくる。

「一体、こっちに来るから。任せるぞ」

「分かりました。お兄さん、色々と気づいた点などあれば教えてください！」

彼女はそう言ってから、自身の魔力を高めていく。

身体強化と、魔法の準備だ。

身体強化は皆、無意識的に行っているものではあるが、凛音のそれはあまり上手《じょうず》とは言いがたい。

……魔力の使い方がやはり下手《へた》だな。

とはいえ、まずは彼女の戦闘を見てから具体的な指導は始めるつもりだ。

リザードマンもどきが木々をかきわけるようにしてこちらへやってくる。

すでに向こうもこちらに気づいていたため、槍《やり》を構えている。

狙いは凛音のようだ。まあ、俺は気配を消しているし、そもそも気づかれていない可能性もあるな。

「グア！」

リザードマンもどきが吠《ほ》えると同時、地面を蹴りつけ槍を突き出す。

凛音はその攻撃をさっとかわすと、持っていた剣を振り抜いた。

攻撃はしかし、槍に受け止められる。同時に、凛音は左手から魔法を放った。

水魔法だ。リザードマンもどきの顔面をとらえたが、倒すには至らない。

……ん？

魔法を使うとき、少し変な挙動だったたな。

それからもしばらく戦闘を行っていくが、彼女の動き自体は悪くない。

剣の扱いも、基礎がしっかりとしていて、リザードマンもどきの攻撃すべてに問題なく対応できている。

ただ、魔力の使い方がやはり下手だ。

練り上げたはずの１００の魔力を１００のまま使えていない。

通常、魔力を魔法に変換する場合は、本来の魔力より威力が上がるのだ。

上手な人は１００の魔力を５００の魔法に変換することだってできる。

だから、魔力凝固や身体強化などほとんど魔力をそのまま使うものよりも、魔法を使ったほうが効率は良くなる。

今の凛音は100の魔力を練り上げているのに、魔法という形になる頃には10くらいになってしまっているのだ。

それだけ無駄にしているのに、特に魔力切れを起こさずに戦えているあたり、彼女の魔力量が凄まじいことを物語っている。

車で例えるなら、滅茶苦茶《めちゃくちゃ》燃費悪いのに、めっちゃガソリン入れられるから何とか長距離運転ができる……みたいな。

まずはそこの矯正からだな。

引き続き彼女の戦闘を眺めていると、結局、五分ほどかけてリザードマンもどきの討伐に成功した。

時間がかかったことで凛音も疲れたようで、膝に両手をついて呼吸を整えていた。

「ど、どうでしたか⁉」

不安と期待の入り混じった複雑な表情で見てくる。

「そうだな。……俺はいつも他の人を評価するときに、麻耶を基準にするんだが……」

「……あの、麻耶ちゃん基準だと基本的に評価低くなりませんか？」

「よく気づいたな。麻耶は全部百点なんでな……この評価基準は最近見直したほうがいいのかもしれないって思ってたんだよな」

「……」

凛音はじとーっとこちらを見てくる。

「冗談だ。麻耶が絶対的な存在であることは間違いないんだけど、凛音の戦闘に関しては——剣での戦闘は問題ないな」

俺がそう言うと、凛音の表情がぱっと明るくなった。

「ほ、本当ですか⁉」

「ああ。今教えてもらっている人にそのまま教わっていけば、問題ないと思うぞ」

俺も剣をまったく使えないわけではないが、我流だ。

凛音の動きを見た限り、基礎がしっかりしている。

凛音のそれを崩してまで教えるほど、俺の剣術の質が良いわけではないしな。

……第一、俺は剣で相手を仕留めるというよりは剣は相手の攻撃を受けるためだけのものなので、本命は拳や蹴りだし。

「良かったです……。最近いまいち成長ができていなくて、周りに置いていかれていたので……不安だったんです」

「剣は、問題ない。……問題は魔法だな」

俺の指摘に、凛音は頰《ほお》を引きつらせる。

「……うげ？　そうですかぁ？　具体的にどのあたりがですか？」

「魔力の無駄が多い。魔力を込めるまでは問題ないが、そこから先の出力の部分で失敗しているな」

「魔力の感知ができると、そこまで分かるんですね……」

「まあな。これからその調整をしていこうと思うんだけど、もう一回魔法を使ってみてくれないか？」

「分かりましたっ」

「一応、自分で修正できるかもしれないから魔力をより意識して魔法を使ってみるようにな」

「はい！」

凛音はむむむ、という表情とともに魔力を練り上げ、魔法を構築していく。

凛音の体内には今にも爆発しそうなほどの魔力が集まっている。だが、それが魔法という形になる頃には、それまでの威圧感はどこへやら。

集まっていた魔力のほとんどが魔法にならず、外へとただただ垂れ流されてしまった。

凛音の手から放たれた水魔法は、先ほどリザードマンもどきに放ったものより少し威力はあったが、それでも最初に練り上げた魔力からは考えられないほどに弱いものだ。

「……どうでしたか？」

「まだまだ、無駄が多いな」

「……そうですか」

それから何度か凛音は魔法を使ってみるが、毎回同じだ。

ちょっと、おかしいんだよな。

魔力がうまく使えない人は、そもそも練り上げることさえできない。

体内の魔力が多くあるというのに、それを魔法に変換する術《すべ》を知らないことが多い。

だから、多くの場合、まずは自分の体内の魔力を自覚させるところからスタートさせる。

麻耶の場合がそうだった。

魔力はかなりあるほうだったが、そもそもそれを自覚できていなかった。

だから、魔法を使う場合も、高威力、低威力とそのときそのときで不安定になってしまうことが多かった。

だが、今の凛音は明らかに状況が違う。

「凛音。とりあえず魔力の使い方を教えていく。触れてもいいか？」

　相手は女性で冒険者学園に通っているのなら、恐らく中学生か高校生だろう。

　……立派な体つきをしているので、恐らくは高校生ではないだろうか？　これで中学生だとしたら麻耶の成長期はどこに行ってしまったのだと考えてしまう。

「は、はい。手で大丈夫ですか？」

「ああ」

　俺が手を差し出すと、彼女は俺にお手をするように乗せた。

　お互い向かい合って手を触れ合う形だが、凛音はあまり慣れていないようで僅かに頬を染め、照れを誤魔化《ごまか》すように微笑《ほほえ》んでいる。

　俺はそんな彼女の体内の魔力を意識していく。

「凛音。まず魔力を練り上げてみてくれないか？」

「はい。こ、こうでいいですか？」

「問題ない。俺が凛音の魔力を操作するから変な感覚がするかもしれないけど、我慢してくれ」

「ま、魔力の操作って……ひう⁉」

　彼女の魔力を感じ取った俺は、その魔力を操っていく。

　凛音は顔を赤くしている。

なるべく不快感を与えないように丁寧に操っていたので、ひとまず問題はなさそうだ。

「こ、これ……ど、どうなってるんですか？　体中から力が湧き上がってきますけど……」

「……凛音の魔力量は、お世辞抜きで凄《すさ》まじいんだよ。それこそ、麻耶級だ。その魔力を全身に行き渡らせたんだ。この感覚を練習してみてくれないか？」

相手に触れていれば、魔力の操作も簡単に行える。

だからこそ、触れると同時に相手の魔力を滅茶苦茶にかき回すことで、眩暈《めまい》のようなものを起こさせることもできる。

俺が武器を使わずに戦闘しているのには、これを活用するためでもある。

彼女の身体強化の維持をやめると、魔力は離れていく。

一度手を離し、次は凛音一人で身体強化の練習をしてもらう。

「……さっきのような感じですね？　分かりました」

それから、彼女はすぐに同じように身体強化を使っていく。

彼女の魔力の流れを確認しつつ、問題があればすぐに俺が修正を行っていく。

一度で完全に習得することはできなかったが、それでも何度かやっていくと凛音は飲み込みが早く、すぐに全開の身体強化を身に付けた。

「……こ、この状態？」

「ああ。そのまま維持してくれ」

そうして、全身に魔力を行き渡らせ、彼女が身体強化を行う。

ただ、維持するのは相当大変なようで、踏ん張っている状態のようにぴくぴくと動いている。

しばらくして彼女の魔力が乱れ始めると、そこからは崩れるのが早かった。

「うぎゃ!? い、いったあ……!? お兄さん、全身が凄《すご》い痛いです……」

「まあ、失敗したらそうなるわけだ」

麻耶も初めてのときはとても痛がっていて、それがまた可愛《かわい》らしかった。

全力で心配はしていたのだが、ほのかに生まれた心の高鳴りは今も俺の思い出だ。

筋肉痛のような激痛が全身を襲ったことだろう。

「……こ、これ……が正しい身体強化、ですか」

「そうだ。痛いのは嫌だと思うが、それを一つの目安にしてあとは訓練していく。痛みが少ない場所で維持を続けて、その限界を伸ばしていく作業を繰り返していくだけで、身体能力の高い冒険者になれるはずだ」

俺が身体強化を伸ばしていったやり方はこれだ。

他の人にも合ったやり方なのかは分からないので、すべての人に押し付けるつもりは特にない。

あくまで、凛音に合えば、この訓練を続けていってくれ、という感じだ。

「……し、失敗しないように頑張ります」

「身体強化に関しては、限界を維持していけるようになったらまた次の限界を見つけてその維持をしていく。この繰り返しだな」

「そのたびにさっきのような痛みに襲われるんですよね？」

「分かりやすいだろ？」

「分かりやすいですが……あまり体験したくないです」

「だから、多くの人は中途半端なところで身体強化を諦めちゃうんだよな。ここで差がつくから、高ランクの冒険者を目指したいなら続けること」

「はい、頑張りますっ」

やる気は十分だ。それだけの心意気で挑んでくれると、教えるほうとしても嬉《うれ》しいものだ。

あとは感覚を摑《つか》めれば個人で練習をしていけるだろう。

こちらはこのくらいでいいのだが、魔法に関しては問題だよな。

「次は水魔法だな。もう一度、魔法を撃ってみてくれ」

「……はいっ」

彼女はこくりと頷《うなず》いてから、魔法を練り上げていく。

先ほどの身体強化で魔力への理解が深まったようだ。

なかなかに応用力があるな。……これなら今度はうまく魔法が発動するか？

集まっていた彼女の大きな魔力は……しかし、水魔法になって外に出るときは、やはりその数分の一ほどまで落ちていた。

……その際の凛音の表情の強張《こわば》り、浅くなった呼吸。

明らかに、魔法を使うときだけ様子がおかしい。

――魔法を使うことに恐怖している？

彼女の体の震えが、魔法を使う際に表れているように感じた。

……その昔、麻耶と一緒に怖い映画を見たとき、麻耶は夜中にトイレに行けなくなってしまった。

あのときの麻耶は本当に可愛くて、俺に「ついてきてぇ」と涙目で腕をひく姿は今もスマホに大切に保存されているのだが……要はあのときの麻耶のように今の凛音は少し震えている。

可愛さは、麻耶のほうが上手、だ。凛音は必死に抑えようとしているというか、意識しないようにしている……という風に見える。

身体強化も魔法ではあるけど、使えてたんだよな。

凛音の体内で完結するから使えていたのか？　……外に魔法を放出するのが、不慣れな感じか？

「どうですか？」

「凛音は魔法に対してどういう思いを持っている？」

「はへ？　心理テストとかですか？」

「ただの質問だ。何もないっていうならいいけど、明らかに水魔法を使うとき緊張しているように感じてな。魔法を外に出すのが苦手なのか？」

「わ、分かりますかね？」

凛音は誤魔化すように笑っていたが、あまり顔色はよくない。

……何か、魔法を使うことに対してのトラウマのようなものがあるのかもしれない。

「別に無理に聞き出すつもりはないけど、今の状態だと魔法を使うのは難しいと思うな。戦闘スタイルを、身体強化主体にしたほうがいいかもしれない」

身体強化は問題なくできているので、水魔法を使わなければいいだけだ。もったいないと思うかもしれないが、できない、やりたくないことを強制するつもりはない。

俺が麻耶に指導したときも、彼女の使いたい武器などに合わせて指導を行っていった。

俺の考えでは、戦闘は身一つで行うほうが色々と便利だけど、でもやっぱり自分の憧れもあるだろうし使いたい武器で戦闘したほうが、モチベーションの維持にも繋《つな》がる。

結局のところ、それが強くなるために一番大事なことだ。

だから、彼女が魔法を使いたくないというのなら、俺はそれを強要しない。だから、麻耶も俺の嫌いな野菜を食事に出すのはやめてほしい。

「……いや、別に話したくないわけじゃないですし、魔法に対しての気持ちとしては……その、一つだけ心当たりがありまして」

「なんだ？」

凛音はそれから、少し迷った様子で頰《ほお》をかいた。

「……笑わないですかね？」

「笑ってほしいなら笑うけど、どうなんだ？」

「いや、その……私普段から明るい感じでやっているので……その、悩みとかそういうのを口にするの、変といいますか似合わないといいますか……」

「別に俺はおまえのファンとかじゃないから、普段がどうだろうとどうでもいいぞ？　第

「俺だって悩みなんていくらでもあるからな」

「どうでもいいと言われるとそれはそれでがっくりとしちゃいますが……お兄さんの悩みってなんです？」

「麻耶が可愛すぎることだな……」

「聞いた私が馬鹿でした……」

「他にもあるぞ？　……いつか、麻耶にも男ができて結婚する日がくるのでは……とかな……なあ、どうすればいいと思う？」

「いや、そこは祝福してあげましょうよ。ていうか、悩みがどれも麻耶ちゃんばっかりですね。お兄さん個人の悩みはないんですか？」

「俺か？　基本麻耶以外での悩みはないぞ……？」

「ええ……。お兄さん、凄いですね……」

「まあ、些細《ささい》な悩みはあるぞ？　ピーマン嫌いなのに、麻耶がピーマン食べさせに来るんだよ。俺がこっそり弾《はじ》いたら笑顔で睨《にら》んでくるし……麻耶の料理だし食べないわけにいかなくてな……今度ピーマン料理が出るときは凛音を呼んでもいいか？」

「子どもですか！　そのくらい食べてくださいっ」

「……まったく。俺の深刻な悩みを聞いてその反応か。それで？　水魔法のほうはどうするんだ？　使わないのなら、むしろここではっきりと方向性を決めてしまったほうがいいぞ？　水魔法を使うとき、魔力を無駄にしすぎだからな。使わないなら使わないほうが身体強化に魔力を回せるから効率いいぞ？」

魔力は使っていけば鍛えられるし、身体強化を極めれば今のままでもAランク迷宮くらいは攻略できるようになるはずだ。

ただ、あれだけの水魔法を使いこなせるようになれば、Sランク迷宮の魔物にだって苦戦しなくなるだろう。

……そこはもったいないが、選ぶのは凛音だ。

「その……お兄さん……誰にも話さないって約束できますか？」

「任せろ、俺は近所のおばちゃん並みに口が堅いからな」

「それってとても口軽くないですか？　『ここだけの話ね……』とか言って噂話《うわさばなし》してるイメージですけど……」

「冗談だ。本当に嫌なことなら他言しない。ただ、別に話さなくてもいいぞ？　いつかは自分で解決できる問題だってあるんだしな」

「……いえ、その……聞いてほしいです」

真剣な表情とともに凛音はこちらを見てきた。

俺は近くの小岩へと腰かけ、凛音も同じように座る。

それから、凛音がゆっくりと語り出した。

「……どこから話せばいいのか分かりませんが……私、児童養護施設の出身なんです」

「冒険者学園の生徒だと多いよな」

……今の時代。

児童養護施設には大きく分けて二種類ある。

一つは、親に捨てられた、あるいは虐待を受けた子どもたちを保護するもの。

そしてもう一つは、迷宮の被害を受けた子どもたちを保護するというものだ。

「それでまあ、私たちの施設ですと将来的に稼げるようにということで冒険者教育……つまり魔法を使う訓練をしていたんです」

将来のためにお金を稼ぐ手段の一つとして、冒険者としての指導を行うのはごく一般的だ。

別に冒険者を本業にせずとも、副業程度の額を稼げるようになることで将来の選択肢が増えていくからな。

……まあ、子どものうちから冒険者としての教育をさせるのはいかがなものかと、一部団体が問題視しているのだが。

俺としては、常に迷宮爆発《ダンジョンフレア》などの危険性がある以上、すべての国民が自衛できる程度の技能を身に付けるべきだとは思うのだが、過激派の人は迷宮の存在自体を否定していることが多い。

「国内のすべての迷宮を攻略すれば、冒険者という職業自体が不要になり、より安全な国になる！」というのが、過激派の人たちの意見だ。

ただまあ、そんなことをすれば、魔石から電気エネルギーなどを作っている現代では、まずエネルギー不足になるので色々と大きな問題が生じるのも事実だ。

「魔法の訓練、か。どうだったんだ？」

……恐らくだが、そこが凛音の引っかかっている部分なのだろう。

表情が少し険しくなってから、彼女はゆっくりと口を開く。

「……私、かなり才能があったみたいでして……初めて魔法を使ったときに暴走させてしまって。それで、施設の先生を怪我《けが》させてしまいまして……」

……なるほどな。

豊富な魔力も制御できなければ危険そのもの。

ブレーキのない車のようなもので、恐らく凛音はまさしくそうだったのだろう。

「それがトラウマ……というかストッパーになってしまっている可能性がある、と」

「だと思います。……明らかにあのときから魔法を外に出そうとすると、ちょっと意識してしまうといいますか。いやもう、それ自体無意識にやってしまっているのでアレなんですけどね……すみません」

えへへ、と苦笑とともに謝罪する凜音。

……トラウマ、か。

理由は分かったが、さてどうしようか。

前にもこんな話を聞いたことがあり、そのときもうまく解決することはできなかったんだよな……。

トラウマを払拭できれば、水魔法を使うこともできるかもしれないが……。

「それなら、一度全力で使ってみるっていうのはありかもな」

「い、いや使えないんですって！　さっきくらいのが限界なんですよ！」

「よし、Sランク迷宮に行くぞ。黒竜の迷宮がちょうどいいか？」

「え⁉　ちょっと待ってください？　聞いてますか⁉」

「家はどこにあるんだ？　今から向かっても大丈夫か？」

「聞いてませんよね⁉　いや、まあ家はこの辺りなのでそれほど戻るのも大変じゃないですけど」

「よし、なら行くぞ」

「ご、強引ですね……。分かりましたよー……」

不安そうにしながらも出発の準備をしていた彼女とともに、俺は黒竜の迷宮へと向かった。


黒竜の迷宮までは、電車と徒歩で合わせて二十分ほどだ。

「あっ、私が通っている学園はあっちですね」

そう言って凛音が指さしたほうには、学園の敷地を示す外壁が見えた。

冒険者学園の規模はかなりのものだ。

「ここからだと、結構色々な迷宮が近いよな」

一応運転免許証も持っているので、今後は車で移動するのもありかもしれない。

車で移動するより、走ったほうが早いことのほうが多いのだが、日中だと目立つからな……。

それに、車を停《と》める場所を探すのも時間帯によっては苦労するので、俺は基本的に電車なんだよな。

「ありますね。まあ、冒険者学園はいざというときの避難所になりますからね」

「迷宮爆発とかが起きたときに、駆け込みやすくしてるってことだよな」

学園には常に生徒と教師がいるので、Ｃランク迷宮くらいまでの魔物ならば対応可能だろう。

生徒によっては、教師よりも強い子もいるだろうしな。

「そうですね。まあ、学園内にも迷宮はあるので同時に迷宮爆発が起きたらどうなるか分かりませんけど」

とはいえ、近場で連続的に迷宮爆発が発生するということはまずないだろう。

「学徒出陣ってやつだな。いざってときは町の平和を守ってくれよ」

「いや、お兄さんが真っ先に来てくださいよ」

「俺は麻耶の安全確保に忙しいからな。第一、Ｇランク冒険者だし」

「もう、お兄さんもランク検査は受けたほうがいいですよ」

ただ、高ランク冒険者になると色々と仕事が増える可能性がある。

例えば、海外から救援要請があった場合、冒険者協会を通して個別にＳランク冒険者たちに依頼が出される。

参加希望を取られ、参加者たちは日本を代表するチームとしてテレビなどでも取り上げられる。

では、断ったらどうなる？　どんな理由があるにしても臆病者、などと非難されることが多い。あることないこと色々言われ、場合によっては家族にまでそれらの悪意が向けられることもある。

だから俺は検査を受けるつもりはなかった。

下手《へた》に目立つと、俺だけではなく麻耶にも影響が及ぶからだ。

ただ、今だともう知名度もあるから意味ないんだよな。

麻耶も高校生になったし、一人でお留守番もできるようになった。

Sランク冒険者は特に依頼を受けずとも特別手当がちょっとは出るし……ランクの再検査を受けるのはありなのかもしれない。

黒竜の迷宮に着くと、凛音が軽く体を動かしながらこちらを見てきた。

「それで、何階層に行くんですか？」

「黒竜に会いに行くぞ」

「はい⁉　今から何分かかると思ってるんですか⁉」

「一時間もあれば着く。お姫様抱っことおんぶ、どっちがいい？」

「……ど、どういう、ことですか？」

「俺が運ぶから、ほれ早く選んでくれ。選ばなかった場合は肩に担いで運ぶからな」

「それは絶対いやです！　えーと……えーと……！　………お、お姫様抱っこで」

「了解」

俺はすぐに彼女を抱きかかえると、凛音は俺の体を控えめに摑《つか》んでくる。

とても恥ずかしそうではある。……ただまあ、そんな表情はすぐに引っ込むだろう。

「ちゃんと摑まってろよ。あと、話すなよ。舌嚙《か》むからな」

「へ？」

俺はそれから、全力の身体強化を発動し、迷宮を走り出した。

「ひぃっ⁉　あぶ⁉」

舌を嚙んだようだ。

腕の中にいる彼女は涙目で俺にしがみついている。

黒竜の迷宮は草原、遺跡など様々な階層がある。

また、中ボスもいる。

中ボスがいる階層は結構適当だ。

12階層にいたと思ったら、次は18階層。なんなら、次は34階層……のように。

特に法則性はなさそうだが、迷宮側としては何か意図があるのかもしれない。

まあ、どれもワンパンである。

そうして、予定通り一時間ほどで黒竜がいる95階層に繋《つな》がる階段まで到着した。

「ふう、重りがあるといい運動になるな」

「重りって言いました？」

「やっぱ、トレーニングは一定の負荷が大事だな」

「ちょっと怒ってきちゃいましたよ。私、怒ってきちゃってますよー」

俺は少しかいた汗を引かせるために片手で自分を扇ぎつつ、92階層へ視線を向ける。

まだ階段地帯で休憩中だ。あと二つほど下りて進めば、黒竜と対面できる。

ちらと凛音もそちらを見て、頬《ほお》が引きつっている。

「……ここ、お兄さんの……というか麻耶ちゃんの配信で見た部屋とまったく同じなんですけど。本当にここに来て何をするつもりですか？」

「おまえに黒竜と戦ってもらう」

「はう⁉　い、いや何言っているんですかお兄さん！　私なんか何もできませんよ！」

「ああ、知ってる！」

「じゃあなんでここに連れてきたんですか！」

「それは、その目で確かめてくれ！」

「何かあってからだと問題だから聞いているんですよ！　ああ、もう！　どうなっても知りませんからね！」

キャンキャン叫ぶ彼女とともに、休憩を終えた俺は95階層へと下りる。

少し歩くと、迷宮の中央に霧が集まっていく。

……やがてそいつは、黒竜へと姿を変え、俺たちを見下ろしてくる。

黒竜は口の端を釣り上げるように笑う。

獲物が来た、と思っているのかもしれない。

迷宮の魔物は、一体だって同じ個体は存在しない。だから、これまで何度も俺にやられてきた黒竜たちだが、彼らは俺を獲物と見下す。

「……お、お兄さん……だ、大丈夫なんですか？」

俺の後ろにいた凛音は、先ほどの叫んでいた威勢はどこへやら、黒竜を前に完全にぶってしまっていた。

黒竜は俺たちを餌、と見ているのかもしれない。

だが、違う。

俺ははっきりとそれを教えるため、いつもは見せない本気の殺気と魔力を解き放った。

動きを制限するための威圧。その効果は、絶大だった。

「……ッ」

黒竜は俺を見て、がたりと震える。

そして、じっと動きを止め、一歩後ずさる。

その生まれた隙に、俺は凛音の肩を掴み、前へと押し出す。

「お、お兄さん⁉」

「全力の魔法を黒竜に撃ってみろ」

「……い、いや！　だ、だって私なんかの魔法じゃ！」

「黒竜相手なら、傷つける心配はないぞ？　おまえの全力の魔法を叩《たた》き込んでみろよ」

「……そ、それは確かに、そうですけど……」

……まあ、恐らくうまく魔法は使えないだろう。

凛音は困惑しながらも魔力を練り上げる。相手が黒竜……だからといってもやはり魔法を放つときには制限がかかっている。

しかし、俺は彼女の魔力を操作し、無理やりに最大級の魔法を完成させる。

「お、お兄さんこれ……っ」

「よし、いけ！　凛音砲！」

「ださっ！　お兄さんダサいですよ！」

「じゃあ、おまえが名前決めろ、ほらもう出るだろ？」

「ええ!?　え、えっと……リンネビームって……ダサいよ私！」

凛音を操って放った魔法は水のレーザーとでも言おうか。

その一撃は長寿の大木のように太く、まっすぐに黒竜へとぶつかり……しかし、黒竜はよろめいただけだった。

ぎろり、と黒竜の目がこちらを向く。恐怖で動きを固めていた黒竜だったが、その一撃でキレたようだ。

憤怒の咆哮《ほうこう》をあげた。

「ガアアアア！」

「お、お兄さん。全然効いてないですよっ！」

「そういうわけだ。っと」

俺は凛音を後ろに下げながら、黒竜の尻尾《しっぽ》の振り下ろしを受け止める。

そのまま摑んで、引っこ抜いた。

「ギアア!?」

黒竜が悲鳴をあげる。

凛音に説明の続きをしたかったので、さっさと倒すか。

身体強化を高め、俺は地面を蹴りつける。

黒竜の首へと跳んだ俺は、こちらも引っこ抜くようにして仕留めた。

これまでの中ボスたちと比べると少し時間はかかったが、それでもほぼ一瞬だ。

手についた埃《ほこり》を払うようにしてから凛音のもとへと戻る。

「……うわ……凄《すご》すぎ……」

別に俺の戦闘を凛音に見せたくてここに連れてきたわけではない。

「それで、俺がここまで連れてきた理由が分かったか？」

「じ、自慢？」

「俺ってそんな嫌なやつに見える？」

「……えーと、その。私の魔法を、黒竜に使ってみるとか……ですか？」

「そうだな」

俺はこくりと頷《うなず》くが、凛音はそこから先が分からないといった様子だ。

「……で、でもそれでえーと何が？」

「さっき、全力の魔法を使ってみてどうだった？」

「私って……も、もしかして天才ですか？」

「ああ、天才だ」

「えへへ……そ、そうですか」

喜んでいた凛音に軽くチョップする。

「あいた⁉　何をするんですか！」

「そうじゃないだろ？　黒竜はどうだった？　天才凛音様の魔法はどのくらい通用していたんだ？」

「全然。……効いている様子はありませんでした」

「そうだ。魔法を使わないまま、制限したまま戦うことは別にいい。ただ、それだと守れるものも守れないかもしれない。倒せるはずのものも倒せないかもしれない。そういうわけだ」

凛音の今の魔法だとあれが限界だが、適切に制御し訓練をしていけばそのうち黒竜だって倒せるほどのものになるはずだ。

……俺としては、できればその道を目指してほしい。

だから、本気で魔法を撃っても倒せない相手がいることを教えるためにここに連れてきた。

「……守れるものも、守れない。倒せるはずのものも倒せない、ですか」

「あとは、自分なりに考えてみろ。どうして冒険者をしているのか、どうして戦闘の指導をお願いしたのか。というわけで、帰ろうぜ」

「……はい」

俺は解放された転移石へと向かい、彼女とともに1階層へと移動した。


黒竜の迷宮を脱出したあと、私はお兄さんとともに寮近くまで戻ってきていた。

寮の前まで到着したところで私が振り返ると、お兄さんは手を振ってくる。

「それじゃあな。無理やり付き合わせて悪かったな」

そう謝罪するお兄さんだったが、私は首を横に振る。

「いえ……大丈夫です。良い経験ができましたから……ここまで、ありがとうございました」

その言葉は、気遣いではなく本音だった。

お兄さんは一度頷いてから、背中を向ける。

「それじゃあまた今度な」

「はい。それでは、おやすみなさい」

「おやすみー……って、うげ。麻耶に連絡するの忘れてた。そんじゃあな！」

そう言ってお兄さんは空を跳ぶようにして帰っていった。

……そういえば、前に麻耶ちゃんが配信で言っていたかも。

お兄ちゃんはたまに跳ぶって……。

凄《すさ》まじい光景を目の前で見せられていた私だけど、脳裏に渦巻く考えは迷宮でのことばかりだ。

私自身、魔法が使えない原因に、心当たりはあった。

魔法が使えなくても、順調に冒険者として成長できているからいいと思っていた。

でも――自分が本気を出しても、倒せない魔物がいることを、教えられた。

それなのに、自分で自分を制限したままで、立派な冒険者になれるのだろうか？

うじうじと迷っていた私が寮へと入り、自室へと向かっていたときだった。

背後から声をかけられた。

「凛音ー、ちょっとー」

寮の同室の真奈美《まなみ》ちゃんだ。

彼女はどこかニヤニヤとした笑みを浮かべていた。

「あっ、真奈美ちゃん。ただいまです」

「お帰りなさい。それで？　なんでこんなに遅くなったのよ？」

どうしたのだろう？

なぜか彼女はニヤニヤと口元を緩め続けていた。

「あはは……ちょっと事務所に呼ばれてまして」

真奈美ちゃんは、私の配信活動について知っている。というよりも、学園のほとんどの人が知っていると思う。

事務所に所属はしてないけど、配信活動している冒険者は数多くいるし、冒険者学園の生徒も、大なり小なり配信活動をしている人が多い。

今の時代、スマホ一つでできて、冒険者の配信は需要もあって多くの人に見てもらえて、小遣い稼ぎができるからだ。

私に対して、真奈美ちゃんはじろーっと探るような目を向けてくる。

「へぇ、事務所？　それじゃあさっきの男性とはどういう関係なのかしら？」

からかうように私を肘でぐりぐりと突《つっ》いてくる。

……み、見られていたんだ。

ただ、真奈美ちゃんの様子からして、お兄さんだとは気づかれていないようでほっとする。

お兄さんが学園に来ることはまだ公式に発表されていないので、なんとしても隠し通す必要がある。

「あれは事務所の人です。色々と次の配信について打ち合わせをしてたんだけど、夜遅くなっちゃったから送ってくれたんですよ」

私は少し慌てながらもそう答えると、真奈美ちゃんは残念がるように息を吐いた。

「なんだ。てっきり彼氏とかかと思ったのに、つまらないわね」

「か、彼氏って……そんなわけないじゃないですか」

「まあ、あんたそういうのなかなか作らなそうだしねぇ。あっ、ねぇ凛音！　お兄様の情報とか何かないの⁉」

「うえ⁉　な、なんでですか⁉」

急に核心へと迫る質問をされてしまったため、声が裏返ってしまう。

しかし、私の動揺に気づいている様子はなく、真奈美ちゃんは目を輝かせている。

……真奈美ちゃんは、お兄さんの大ファンである。

初配信、麻耶ちゃんの配信のときは見逃してしまったらしいけど、それ以降すべての配信を追いかけている熱心な……熱心すぎるファンだ。

お兄さんのファンのうち、本当に厄介な人たちはお兄さんのことを『お兄様』、と呼んでいる。

「……うーん、私別に交流ないからなぁ」

……まだ学園で指導をする話などはオフレコだ。

それは友人の真奈美ちゃんでも話すことはできない。

「えー……最近じゃあんまりマイシスターの配信にも出てないからなぁ……」

……麻耶ちゃんのこと、マイシスターと呼ばないでほしい。

お兄さんの影響で、麻耶ちゃんのチャンネルの登録者数もかなり伸びている。

最初はお兄さんのおかげ、かと多くの人に思われていたみたいけど……今ではその多くの人たちの妹として、人気になっている。

麻耶ちゃんのほのぼの配信を見て癒やされ、お兄さんのぶっとんだ配信を見てドキドキして、また麻耶ちゃんのほのぼの配信で癒やされる……これを繰り返すと、ととのうらしい。

そういうわけで、お兄さんと麻耶ちゃんは相乗効果でどんどん登録者数を伸ばしていた。

「まあ、でも……その、そのうち配信するかもですかね？　お兄さんも今日事務所にいましたし……」

落ち込んでしまっていた真奈美ちゃんを、元気づけてあげようと私は少しだけ情報を流す。

　今回の学園での指導は、まだ公式で発表されていないため、言えるのはここまでだけど。

　しかし、そんな私の少量の情報にも真奈美ちゃんは鼻息荒く食いついてくる。

「うえ⁉　ほ、ほんと⁉　ってことはそのうち配信来るわよね⁉　まあでも、この放置プレイされている時間も楽しみというか……ああ、早く来てほしいわぁ！」

「……お、落ち着いて……今人に見せられない顔してるよ真奈美ちゃん」

「い、いけないわ……涎《よだれ》が……そうとなれば、配信を振り返っておかないとねっ。それじゃあ、部屋に行きましょう！」

「あっ、その真奈美ちゃん。ちょっと聞きたいことあるんですけど……」

「え？　何？　お兄様のこと？」

「いや真奈美ちゃんのことですよ……。真奈美ちゃんってどうして冒険者を目指そうと思ったんですか？」

「金よ」

「え？」

「冒険者になって億万長者になってやるのよ！」

「お、億万長者⁉」

　真奈美ちゃんの目は、お金の形になっている。

あまりにも理由が生々しかったけど、でも冒険者を目指す人の多くがお金を理由にしていると思う。

私も明白ではないけど、理由の一つはお金だ。児童養護施設出身の私だと、本来高校に行くのも結構大変だ。

でも、冒険者学園であればすべて無償だ。

それは、国が冒険者として戦える人を多く用意したいかららしい。

お兄さんだって、麻耶ちゃんのことがあったとはいえ、冒険者を目指した理由はお金を得るため、みたいだし。

「ええ、あんたの理由とは違うわね」

「私の理由……？」

「そうよ。あんた言ってたじゃない。自分のように、魔物の被害で苦しい思いをする人を減らしたいって。あんたの考え聞いた時はあたしは自分が恥ずかしくなったわ」

「そんな別に私は……実践できているわけじゃないですし」

……そういえば、そうだったかもしれない。

昔、まだ私が小学生くらいのとき、児童養護施設に来た人にそう言われたんだった。

『冒険者を続けたいなら、何でもいいから夢を持ったほうがいい』、と。

そのときの私は、無邪気に答えられていたと思う。

『皆を守れる冒険者になりたいです！』って。

でも、そのあとすぐに魔法を暴走させて先生に怪我《けが》をさせてしまって……。

今はもうこのありさま。

「私もあんたの話を聞いて、夢を大きくしたのよ！　小遣い稼ぎができる程度の冒険者から、億万長者の冒険者に！」

「……は、はあ」

「もういい⁉　あたし今、お兄様への想《おも》いが溢《あふ》れんばかりなのよ！　そういうわけで、今すぐに戻るわ！」

同室なんだけど、真奈美ちゃんはダッシュで部屋まで向かう。

私も真奈美ちゃんから少し遅れる形で部屋についた。

部屋は大きく、２ＬＤＫでそれぞれの個室が確保されているものだ。

真奈美ちゃんはすぐ自分の部屋に引きこもり、何やら興奮しているような声をあげている。

……うん、触れないでおこう。

私は汗を流すため、シャワーを浴びながら今日あったことについて振り返っていた。

「……私は皆を守れる冒険者になりたかったんですよね」

先ほどのやりとりと、お兄さんの言葉。

そして――黒竜との戦いを思い出す。

お兄さんの協力というか……強制によって全力の魔法を打つことができた。

……ただ、あれでも私は、黒竜を少し足止めすることしかできなかった。

もしも、あの黒竜が迷宮の外に出てきたら？

迷宮爆発は、迷宮の魔物が外に溢れ出てくる現象だ。一定時間、迷宮から魔物の出現が止まらなくなる。

その現れる魔物の対象は、黒竜だって例外じゃない。

……私が魔法を使いこなせるようになっても、黒竜を倒せるわけじゃない。

……鍛えれば、身体強化だけでもお兄さんのようになれるかもしれない。

でも、きっと魔法を使えたほうが、もっと強くなれるはず。

「私は――」

体を洗い終えた私は、タオルにぎゅっと自分の顔を押し付ける。

だけど……魔法について考えると、どうしてもうまく使えている姿が想像できない。

それでも私は、皆を守れる冒険者に……なりたい。

凛音と黒竜の迷宮へと潜ってから数日が経過した。

今俺は凛音との待ち合わせでカフェに来ていた。

俺が店へと入ると、先に来ていた凛音が笑顔とともに手を振ってくる。

「あっ、お兄さん、こっちです」

凛音のいる席へと足を向け、彼女の向かいに座る。

今日の彼女は学生服ではなく、私服姿だ。

席についたところで、凛音は丁寧に頭を下げた。

「今日はわざわざ時間を作ってくれて、ありがとうございます」

「まあ、大丈夫だ。気にするな」

俺の返事に凛音は何か気づいた様子で問いかけてくる。

「やっぱり、忙しかったりしました？」

「麻耶の配信を振り返る予定だったけど、まあなんとかなるって感じだ」

「……そ、そうですか。そういえば、麻耶ちゃんも来るかもって言っていましたけどいませんね」

「ああ、なんか『お兄ちゃんのデートに付き添うなんて野暮《やぼ》なことはしないよー』とかなんとか言ってついてこなかったな」

「でででデート⁉　な、なにを言っているんですか！」

顔を真っ赤にして叫ぶ凛音を見ていると面白いが、あまりからかいすぎてもいけない。

「麻耶も冗談だって。本音は、配信のネタバレされたくない！　だそうだ」

今にも嚙《か》みついてきそうなほど睨《にら》んでいた凛音だったが、俺の言葉を聞いて多少は落ち着いてくれた。

小さく息を吐いてから、少し浮かせていた腰を座席へと戻す。

「……麻耶ちゃんは麻耶ちゃんでお兄さんのガチファンですよね……」

「でも、ファンとしてはスケジュールを知りたいときってのもあるよなぁ」

「そこは、そうですね。私の友人はそちら側ですし。と、あまり無駄話をしてお兄さんの時間をとったらダメですね。早速なんですけど、学園ではどのような指導をするのかとか聞いてもいいですか？」

一日の流れなどはすでに霧崎さんが冒険者協会と打ち合わせをしていて、おおよそのスケジュールは分かっている。

あとは俺が具体的にどんなことをするのか。それが聞きたいのだろう。

「基本的には麻耶や凛音にしたように魔力の流れを見て、問題点を指摘していくってやり方だ」

「……分かりました。お兄さんは指導に集中するでしょうから、私が解説頑張らないとですね」

「ま、分からないことがあれば聞いてくれてもいいからな？」

「いえ、私のせいで指導される人たちの時間を削るわけにはいきませんから。あっ、食事とかも頼んでおきますか？」

「そうだな」

渡されたメニュー表を見てみると、意外と色々な料理があることが分かった。

「オススメとかってあるのか？」

「パスタ料理はどれも美味《おい》しいですね」

「じゃあ、それでいいかな」

俺と凛音は料理を注文したあと、軽く打ち合わせを行っていく。

彼女の疑問に答えていくと、わりとすぐに打ち合わせは終わり、あとはのんびり料理を待つだけとなる。

「この店にはよく来るのか？」

「私の友人がこういったお店巡りが好きでして、私もそれに付き合うことがあるんですよ」

「そうなんだな。凛音って高校二年生だっけ？」

「はい」

「恋人とかって、高校生くらいならできるもんなのか？」

「い、いきなりなんですか⁉」

「麻耶もほら、もう高校生だろ？　中学生のときから覚悟はしていたんだけど、そろそろ恋人とかを連れてくることもあるのかと思ってな……」

「お兄さん……ちょっと殺気漏れてます」

「いや、別に何かするわけじゃないぞ？　……そろそろ、俺も覚悟を決めるべき時が来たのかと思ってな」

「……まあ、人それぞれじゃないですか？　私は、別にまだいませんけど」

「そ、そうか」

「でも、麻耶ちゃんは可愛《かわい》いから分かりませんけどね？　い、いや冗談ですよ？　からかっただけですからね？　お願いですから、殺気を漏らさないでください」

しまった。

受け入れようと思っていても、体が素直な反応を見せてしまった。

深呼吸をしていると、凜音はちらっとこちらを見てきた。

「お兄さん。今日の打ち合わせとは別に、一つ聞いてほしいことがあったんです」

「ん？　なんだ？」

「……私の覚悟についてです」

「覚悟？」

「はい。私、やっぱりもっと強い冒険者になりたいと思いました」

凜音はまっすぐにこちらを見てくる。

その様子には先ほどまでのどこか抜けた様子はなかった。

「それはどういう意味での強い冒険者なんだ」

俺は彼女に二つの道を提案した。

一つは、攻撃魔法を使わない冒険者だ。凜音の魔力量なら、十分優秀な冒険者になれるだろう。

そしてもう一つの道。

「私は、全力の魔法を使える冒険者を、目指したいと思います」

まっすぐにこちらを見てくる。

俺が提示したもう一つの道。今の凛音にとっては苦しいだろうその道を、彼女は選んだようだ。

それから、彼女は苦笑しながら視線を落とした。

「全力で魔法を使うのは、まだちょっと怖い部分もあります。でも、それでも、私の力で助けられる命があるのなら、その命を救える冒険者になりたいです」

凛音はそう言い切ってから不安そうな表情を浮かべる。

「わ、私、こんなこと言っておいて、強くなれるでしょうか」

情けないことを言うな！　って言うのは、凛音には逆効果だろうな。

彼女の場合、背中を押してくれる言葉のほうが力になるはずだ。

「今言った気持ちを抱き続けられれば、いくらでも強くなれるんじゃないか？」

「……そ、そうですか？」

「ああ。……第一、凛音は俺の最初よりも十分強いしな」

「お兄さんの最初、ですか？」

「ああ。まあ、昔のことなんだけどな」

「どんな、感じだったんですか？」

「別に、面白い話じゃないぞ？」

「ちょっと、聞いてみたいです」

そう真剣な目で言われると、無視するわけにもいかないよな。

「俺が高校生のとき、麻耶はまだ幼稚園生だったんだ。結構年の差あるだろ」

「……そうですね」

「その頃に、迷宮の事件に巻き込まれて、両親が死んじゃって……それから俺は麻耶を育てるために高校生でも大金を稼げる可能性のある冒険者になったんだ。……まあ、当時は色々な思いがあったけどな」

俺たちから父と母を奪った迷宮や魔物への恨み。

麻耶を助けるためという前向きな理由だけではなく、そんな鬱屈とした感情があったのも確かだった。

「……無茶《むちゃ》なことしますね」

「だな。凛音みたいに冒険者学園を選んでも良かったけど、そういう制度とかには詳しくなかったし……誰かに聞ける余裕もなかったしな。とりあえず、数年くらいは両親の残した貯金とかでどうにかなるとしても麻耶を大人まで育てるには足りない額だったし。そんで俺はとりあえず能力を測定してもらったけど、最底辺冒険者だったわけだ」

「……」

「それでも、迷宮の素材を売れば稼げるからな。Gランク迷宮でも一日中潜ってれば、何日か分の生活費にはなった。ソロで無茶しながらだったのもあるけどな」

迷宮内なんて、常に戦場にいるようなものだ。

気を張り続けられる人間なんていないわけで、ソロでの攻略はそれだけ体への負荷が大きかった。

「怪我《けが》はいくつもしてきた。幸い、見えるところに怪我をしなくて良かったぜ。イケメンが台無しになっちまうからな。おい、今の笑うところだからな？」

「……いえ、笑いませんよ」

あまり暗い話ばかりでも悪いと思っていたが、凛音は真剣に聞いてくれていた。

ざっとではあるが、俺の過去については話した。

まとめるように俺は息を吐く。

「想《おも》いは力になってくれる。この世界、案外そういう優しさもあるんだよ」

「そうかも、しれませんね」

「とにかくだ。俺が言いたいのは、夢を持った自分に自信を持てってことだな。夢を持つ自分に本気で向き合えなくて、自分を疑い始めたらたぶんそこで成長は止まる。だから、凛音。自信を持て」

「……はいっ」

「っていっても、俺だって何度も心折れてたけどな」

俺がそう言って笑うと、凛音は苦笑する。

「いい感じの空気出しておいて、そういうこと言うんですか？」

「まあ、それでも、俺はこうして麻耶を可愛く育てられたんだから大丈夫だってことだ。そういうわけで、おまえが自分の夢を疑うようになったら、ケツ叩《たた》いてやるからいつでも頼れよ」

「……ありがとうございます。私……頑張りますねっ！」

「よし、そんじゃ細かい打ち合わせは終わったことだし飯食った後は迷宮でも入るか」

「え？　こ、これからですか？」

「ああ。行くぞ？　早いところ魔法の制御したいんだろ？　実践あるのみだ」

「わ、分かりました！」

……俺だって別に指導者としての才能があるわけではない。

だから、俺の教えることがすべて正しいとは限らないだろう。

それでも俺は凛音の成長の一助になれるように、真剣に彼女と向き合っていこうと思った。

迷宮配信者事務所「リトルガーデン」について語るスレ116

331：名無しの冒険者
おまえら、お兄さんの次の配信が決まったぞ

332：名無しの冒険者
お、マジじゃん

333：名無しの冒険者
え？　国立第三冒険者学園での指導配信⁇

334：名無しの冒険者
ずるっ！
俺も地方で学園に通ってるんだけど、来てくれないのか？

335：名無しの冒険者
リンネがいるからっていう理由なんじゃないか？

336：名無しの冒険者
リンネ⁇

337：名無しの冒険者
同じ事務所の子
他にも学園通ってる子はいるけど、近場だとリンネ一択だな
338：名無しの冒険者
事務所の繋《つな》がりでかよ……ずるいな
339：名無しの冒険者
マジで⁉　リンネのほうにも予約されてるじゃん！
340：名無しの冒険者
お兄さんとリンネのコラボ配信かよw
341：名無しの冒険者
コラボ配信ってリンネのファンが面倒なことになるんじゃないか？
342：名無しの冒険者
いや、おおむね好評だな
343：名無しの冒険者
ていうか、お兄さんがしてもらう、んじゃなくてリンネがしてもらう側なんだよなぁ
344：名無しの冒険者

ほんとなｗ
お兄さんの影響力凄《すさ》まじいからこれでリンネにも注目が集まるんだしな
345：名無しの冒険者
ていうか、予想外なのはお兄ちゃんの女性ファンがわりとキレてるｗ
346：名無しの冒険者
え？　お兄さん女性ファンいるのか？
347：名無しの冒険者
服装とかは適当だけどマヤちゃんの兄だけあって容姿は普通に整ってるしな……
348：名無しの冒険者
普通の身だしなみで金持ってて身長あってモテない理由ないんだよなぁ
349：名無しの冒険者
金ｗｗ
350：名無しの冒険者
結局世の中金かｗｗ
351：名無しの冒険者
まあ、でも普通にお兄ちゃんかっこいい寄りだろ？

352：名無しの冒険者
ただ、この調子で他の人ともコラボしていったらどうなるかだよな
男性ファンが多いところだとどっちも燃えるかもしれないな
353：名無しの冒険者
まあ、お兄ちゃんは燃やしても別にいいだろw
354：名無しの冒険者
まあ、そこ含めて楽しむのがお兄さんファンの正しい楽しみ方だよな
355：名無しの冒険者
これって冒険者学園の指導とかでもっと増えるのかね？
356：名無しの冒険者
お兄ちゃん次第じゃないか？　さすがに全国回るのは大変だろうけど、近場ならありえるかも？
357：名無しの冒険者
そうなってくると冒険者協会とどうかかわっていくかだよな？　一応冒険者学園って迷宮省、冒険者協会の管轄だよな？
358：名無しの冒険者

そうそう

359：名無しの冒険者
ただお兄さん何度か能力測定は断ってるみたいだからなぁ、協会はお兄さんに対してあんまりいい印象ないんじゃないか？

360：名無しの冒険者
まあ、下手《へた》に能力測定してSランクになると余計な仕事が増えるってのもあるよな
お兄さんだと、マヤチャンネルの配信見る時間が減るからとかいう理由で受けてない可能性あるよなぁ

361：名無しの冒険者
普通にありえそうな理由で草

362：名無しの冒険者
他の冒険者学園だけど、リトルガーデンにまだいたよな？

363：名無しの冒険者
いるいる
真紅《しんく》レイナっていうのがリンネとは別の学園に通ってたはず

おまけに現役女子高生最強のSランク冒険者

365：名無しの冒険者

でも、そもそもあんまり登録者数伸びてないからな

Sランク冒険者、としての評価しかされてないっていう

366：名無しの冒険者

見たことないから知らんが、ブサイクとかなのか？

367：名無しの冒険者

いや、婚約者がいるとか言っているからだろうな

だから、どちらかというと女性ファンのほうが多いって感じで、リトルガーデンだと珍しい部類だ

368：名無しの冒険者

ほーん。確かにそれ聞いたら見る気なくなったわ

369：名無しの冒険者

露骨な態度で草

第七章　冒険者学園

俺は薄着ではあったがフード付きの服を身に着け、第三冒険者学園へと来ていた。

……最近は素顔晒《さら》して歩いているとあちこちで声をかけられるからな。

フードを被《かぶ》り、気配を消していれば案外気づかれないで済む。なぜ日常的に訓練をしなければならないのか、という思いはあるが。

今日、俺はこの学園の講師として、中等部、高等部の生徒すべてを指導することになっている。

学園の裏門に来た俺は、そこで霧崎《きりさき》さんに出迎えられる。

なぜか、安堵《あんど》した様子の霧崎さんに首を傾《かし》げる。

「どうしたんですか？　何かありました？」

「何もなくて安堵していたんです。寝坊しなかったんですね」

「まあな。凛音《りんね》もおはよう」

霧崎さんの隣にいた凛音に声をかけると彼女はぺこりと頭を下げてきた。

「はい、おはようございます」

凛音はすっと頭を上げ、微笑を浮かべる。

顔色は悪くないが、まだ色々と悩んでいる様子だ。

「それでは、行きましょうか。神宮寺《じんぐうじ》さん、案内お願いしてもいいですか？」

「はい。こちらからどうぞ」

凛音が先頭を歩き、俺と霧崎さんは彼女の後ろをついていく。

裏門から校舎へと入る。学園内では特に変装する必要はないのだが、朝早く来ていた生徒たちとすれ違うたび、「うそ⁉」、「本物だ⁉」という声が聞こえてくる。

その反応が完全にテレビに出るような有名人に対してのもので、俺としては何とも言えない感情だ。

「……なあ、凛音。俺って学園だと結構有名なほうなのか？」

「たぶん、下手な芸能人よりも知られていると思いますよ……ていうか、冒険者界隈《かいわい》でお兄さんのことを知らない人はほとんどいない可能性が高いです」

「……え？　そこまで？　マジ？」

「マジです」

凛音が微笑とともに言ってから、霧崎さんがあきれた様子で答える。

「……一応、お兄さんはすでに登録者数１００万人突破しているんですからね？　うちの事務所の通例だと、イメージソングの発表とかもあるくらいなんですが……」

「いや、そんなのやらないです」

「……ですよね。ただ、記念配信くらいはやってくれ、という話ですのでそこだけはお願いしますね」

「今回のに、記念配信、ってタイトルつけておけばいいんじゃないですか？」

「ダメです」

俺の見事な提案を霧崎さんは一瞬で否定した。

「あっ、こちらが職員室になりますね。中で冒険者協会の方ももう待っているみたいですよ」

霧崎さんの言葉に、俺は首を傾げた。

「冒険者協会？」

「今回の指導の依頼も冒険者協会を通してでしたからね」

「ああ、そういえばそんなことちらっと言っていましたね」

「……冒険者学園は基本的に協会、もっといえば迷宮省の管轄ですからね」

霧崎さんがそう言ってから、服装を少し正して中へと入る。

職員室へと入ると、皆の視線が集まる。

……教員たちの視線も、途中ですれ違ってきた生徒たちのものに似ている。

その中で、ひときわ異彩を放っていたのは、スーツをきっちりと身に着けた男女二人だ。

魔力が濃く、纏《まと》う雰囲気からして熟練のものだ。

彼らが、恐らく冒険者協会の人たちだろう。

すっとこちらにやってきた二人が、名刺を取り出す。

「初めまして、冒険者協会所属の下原正太郎《しもはらしょうたろう》と申します」

「同じく。冒険者協会所属の飯原茜《いいはらあかね》と申します」

二人がすっと名刺を差し出してきて、俺はとりあえず受け取る。

ただまあ、俺は何もないので、あとは霧崎さんに任せる。

「初めまして。こちらの鈴田迅《すずたじん》のマネージャーを務めている霧崎奈々《なな》です」

霧崎さんが二人と名刺を交換する。

それから下原さんの視線が俺へと向いた。

「鈴田迅さん……ですが、お兄さんと呼んだほうがよろしいでしょうか？」

「お兄さんは勘弁してください。鈴田でも迅でもどっちでもいいですけど、どっちかでお願いします」

さすがに明らかに年上の下原さんにその呼ばれ方はな……。

俺の言葉に、下原さんは微笑《ほほえ》んでいた。

「冗談です。鈴田さん。まずは今回の依頼を受けていただいてありがとうございます」

「いや、まあ子どもたちの支援に関しては俺も別に嫌じゃないですし」

「それなら良かったです。本日は私たちも鈴田さんの指導を拝見させていただこうと思っていますので、よろしくお願いいたします」

「あっ、こちらこそ。でもただ魔力反応見て、おかしな部分があれば指摘するだけですよ？」

今日の指導の流れは、だいたいそんな感じだ。

あまり時間も確保できないので、そのくらいしかできない。

「……指摘するだけ、というのでも常人では難しいことなんですが」

「そうなんですか？　高ランク冒険者ならある程度魔力を感じ取れるんですよね？」

「ええ、まあ……ですが、鈴田さんのように正確にはっきりとは感じられません。あくまで、自分より格上か格下か。その程度の判断ができるくらいです。そもそも、大人数を相手に判断なんてできませんし」

「……そうなんですね」

「だから、鈴田さんのそれは凄《すご》すぎますよ」

俺は他のSランク冒険者との交流はほとんどないので詳しくは分からない。

ただ、冒険者協会の人が嘘《うそ》をつくはずもないので、そういうことなんだろう。

時計を見た霧崎さんが、口を開いた。

「そろそろ時間ですので、校庭に移動しましょうか」

……確かに開始の時間だ。

学園生にはせっかくの授業一時間分を潰してもらっているため、無駄にはできない。

「それじゃあ、行きますか」

こうして、俺たちは校庭へと向かっていった。

俺たちが校庭に出る頃には、生徒たちもすでに集まっていた。

中等部の一年から始まると聞いていたが、まだ幼さの残る顔立ちをした子どもたちが多くいる。

……ちらと視線を向けると、端のほうにはマスコミの姿もあった。

カメラがいくつか向けられていて、何やら中継している様子もある。

「……あちらは迷宮省の関係のマスコミですね。本日に関しては多少ニュースにも流れるので」

「うえ、マジですか？　俺あんまり映りたくないんですけど……あっ、一緒にマヤチャンネルの宣伝とかもできますか？」

「……露骨に宣伝はできませんが、こういうチャンネルを運営している、くらいなら可能ですね」

「じゃあ、それやってくれるように伝えてもらっていいですか？」

「分かりました」

下原さんが苦笑しながら、マスコミのほうへと向かう。

これでまたマヤチャンネルも伸びていくはずだ。

「お兄さん。それじゃあ、私も配信していきますから。これからよろしくお願いします」

凛音の言葉に頷《うなず》く。

といっても、今日の配信は垂れ流しのような状態だ。

別に俺が何かカメラに向かって話をする必要はないので気楽なものだ。

「了解。とりあえず、あの演台に上がればいいのか？」

校庭にはおあつらえ向きに演台が用意されている。

すでに生徒たちの視線がこちらに集まっていて、早いところ始めたほうがよさそうな空気が出ている。

「はい、大丈夫です。それじゃあ、お願いしますね」

凛音がカメラをこちらに向けて構えたところで、俺は演台へと向かう。演台上にはマイクも用意されていて、俺はそれを手に持った。

一学年、だいたい百人程度とは聞いていたが、演台の上からずらりと眺めるとなかなかの迫力だ。

期待されているところ申し訳ないが、そこまでのものはできないぞ？

生徒たちはジャージ姿だが、今日ばかりは全員左胸に番号札をつけてもらっている。さすがに、全生徒の名前を把握するのは無理なので、何か指示を出すときはこの番号で呼ぶというわけだ。

『あー、あーマイクテスマイクテス。よし問題ないな。そんじゃ、皆さん。初めまして？でいいのか？　今日は一学年あたり一時間ほどで冒険者としての指導を行っていくんで、よろしく。まあ、指導っていってもやることは魔力を正しく使えているかの確認くらいのものだからそんな肩ひじ張らずに受けてくれればいいんだけど……とりあえずさっさとやっていこうか。ほれ、全員身体強化を普段通りに使っていってくれ。問題があれば、適宜指導していくからな』

俺がいつもの調子で始めると、少し生徒たちは動揺しているようだったが、すぐに魔力を使い始めていく。

それでだいたい分かったので、四つのグループに分ける。

まったく使えていないグループ、そこそこ使えていないグループ、そこそこ使えているグループ、かなり使えているグループだ。

かなり使えているグループは極めて少ないな。

一番時間のかからないかなり使えているグループから指導を行っていく。

「君たちはもうかなり練度は高い。あとは、魔力をより引き出していって、身体強化の限界値を伸ばしていくことだ。全員、俺の……まあ体のどこかに触れてくれ」

手に触れてくれ、と思ったが十人くらいいるからな。

さすがに俺の手だけでは少し大変だ。

それでも、俺の周囲を囲んで十人ほどが限界だ。

「え？　い、いいんですか⁉」

「お、お兄さんのお兄さんとか……」

「セクハラしたやつは警察呼ぶからな」

一部過激なやつらがいるのだが、中学生というのはこういうものなのだろうか？

俺の背中や肩、手を握りしめてくる。まるで福を授かるかのように撫《な》でまわしてくるやつもいるのだが、これは警察案件でいいのだろうか？

ともかく、ひとまず魔力操作はできるようになった。

「お兄さん、それって相手の魔力操作をするために触れさせているんですよね？」

凛音は、配信で解説するために問いかけてきたようだ。

「ああ、そうだ。それじゃあさっきと同じように全員身体強化を使ってくれ」

凛音に答えると、すぐに配信のほうで解説をしてくれる。今日の配信はこんな感じだ。

事前に凛音には指導をしているので、だいたい内容は分かってくれている。

皆の魔法の様子を確認した俺は、まだ使い切れていない魔力を操作していく。

全員のものを同時にだ。

これは結構疲れる。人によって限界値が違うので、わりと繊細なのだ。

「え!?」

「な、なにこれ!?」

「その状態が、おまえらの魔力をさらに引き出したときの身体強化だ。皆バランスのよい身体強化はできているんだけど、まだまだ優等生すぎるんだ。もっと使える魔力はあるから限界を伸ばしていくように。使えば使うほど、成長していくから自分の体内の魔力が成長したと思ったらさらに先を目指すようにな。疲れるし、負担もあるけどそうすれば確実に成長していくからな」

失敗すれば痛みもあるが、その失敗ぎりぎりの身体強化を繰り返していけば成長できる。

それらを伝えると、皆感動した様子だった。

「は、はい！」

「す、すげぇ……まだこんなに使い切れていない魔力があったなんて……」

「さすがに、この量の制御は……難しいな……」

とはいえ、今の時点でかなり使いこなせている彼らはある程度コツを摑《つか》むのも早いようだ。

すぐにそれなりに形になる人たちも多く、まあこのグループの指導はこのくらいでいいだろう。

「魔法を使う場合も同じだからな？　とにかく、扱いやすい状態をさらに超えるラインで訓練を積んでいくようにな。このグループは以上。次の第二グループと交代だ」

『ありがとうございました！　お兄さん！』

「大合唱でお兄さんと呼ぶんじゃない」

全員が声を揃《そろ》えて頭を下げ、別のグループと交代する。

……同時に指導していくので、凛音にしたときのように徹底的に教える時間はないが、感覚を理解させるには十分だ。

一番使えていなかったグループには、特に時間を使って指導をしていき、皆が最低限今後も自主的に訓練ができる程度まで引き上げたところで、予定していた一時間は終了となる。

すでに校庭には次の学年の生徒たちが集まり始めている。

俺は軽く息を吐いてから、最後にマイクで全員に話をする。

『今日の指導で劇的に強くなるわけじゃなくて、今日教えたことを徹底的にやり続ければ強くなるんだからな。俺も同じように訓練していって、今の力を身に付けたわけで、一日二日でどうにかなるものじゃないってことは覚えておくように』

俺だっていきなり今の力を出せるようになったわけじゃない。

そのことを、皆が理解してくれれば何よりだ。

一応皆、真剣な表情で頷いて話を聞いてくれているし、大丈夫だろう。

『そういうわけで、解散だ。皆、頑張れよー』

ひらひらと手を振ると、皆から感謝の言葉が返ってきて最初の指導は終わりとなる。

二十分ほどの休憩を挟み、次の中等部二年となる。

休憩時間の間に校庭では生徒たちがクラスごとに並んでいき、俺は用意してもらっていた飲み物をいただく。

オレンジジュース。霧崎さんが用意してくれた二リットルのそれを飲んでいく。

「これなら黒竜と戦ってるほうが気楽だな」

「お兄さん……コメント欄が草まみれになってます……」

「ああ、まだ配信はやってるんだっけ？　どうも、マヤチャンネルの登録よろしくなー」

「はいはい。いつものですね。私とお兄さんのもよろしくお願いしますねー。って、そうじゃないです。今回のお兄さんの指導の目的は、感覚を掴んでもらう、という感じですかね？」

凛音は一応今日の指導内容について配信する必要があるため、聞いてくる。

さすがに、視聴者の相手はこういった休憩時間にしかできないしな。

「そうだな。あくまで俺は努力の方向性を示しただけで、ここから成長できるかどうかは本人次第って感じだな」

「そうですね。でも、私も簡単に指導受けましたけど、その感覚を覚えて訓練していかないとですもんね」

「そういうわけだ。って、もうそろそろ次始まるよなー、トイレにでも行ってくるか。あっ、そこも撮影するのか？」

「し、しませんよ！　いいから早く行ってきてください！」

顔を赤くした凛音に苦笑しながら、俺はトイレへと向かった。

お兄さんの指導を撮影していた私は、その圧巻の内容に、ただただ驚かされていた。

……お兄さんの直接指導は、はっきり言って凄《すさ》まじい。

多くの生徒たちにとって、その効果は間違いなくある……と私は思った。

特に一番影響があったのは、これまでうまく魔法を使えていなかった生徒たちだ。

魔力を自覚できても外に魔法をうまく放出できていなかった生徒たちが……全員魔法を使っている。

同行していた教師たちが苦笑いを浮かべている。

「……いやいや、一体何が起きているんだか」

「本当にそうだねぇ。魔法が使えなくて悩んでいた子たちが皆使えているじゃないか」

……魔法をうまく使えるかどうかというのは、才能に左右される、と言われている。

でも、お兄さん曰《いわ》く、コツを掴めているかどうか、ということらしい。

これは、今までの理論とはそもそもかけ離れた認識であり、正直言って教育現場の在り方さえ変えるようなものだった。

その調子でどんどん指導していき、私もお兄さんのやっていることをなるべく言語化しつつ解説を挟んでいく。

そのときだった。私の学年の番になる。

それまでと同じようにお兄さんが指導をしていくのだが、お兄さんの体に触れる際に一人強烈なオーラを放つ女子生徒がいた。

「お、おおおおおお兄様ぁ……っ」

私の友人、真奈美《まなみ》ちゃんだ。

……真奈美ちゃんが撮影禁止の顔で興奮している姿を見て、さっとカメラを少しだけ傾ける。

これは、全世界に配信してはダメだ。

お兄さんに触れているときの真奈美ちゃんは、人前でしてはいけない顔だ。お兄さんは熱心に指導していて気づいていないようだけど、友人として恥ずかしいよ……。

これまでも結構やばい目のファンたちはいて、私としては少し引いていたんだけど、まさか真奈美ちゃんが一番酷《ひど》かったなんて……。

「よし、このグループは――」

お兄さんの背後に今凄《すご》い顔をしている人がいるけど、お兄さんはそれまで同様丁寧な指導だった。

すべての指導が終わったのは、十六時を過ぎたところだった。

「ふー……やっと終わったー!」

お兄さんが、大きく息を吐いてから扇ぐように手を動かしていた。

途中休憩を挟みながらとはいえ、六百人近い人間を見てきたのだから疲れるなというのが無理な話だと思う。

お兄さんの指導が終わったところで、配信のほうもすでに終了している。

改めて、私はお兄さんに労《ねぎら》いの言葉をかける。

「お疲れ様でした。配信のほうも、かなり盛り上がっていましたよ」

「そういえば配信してたんだったな」

「途中途中で話していたじゃないですか。あっ、お兄さんの真面目な指導の様子って初めてだったということで、そこでファンの方々が萌《も》えていましたよ?」

「燃えて? 炎上してたのか?」

「そっちじゃないです。お兄さんの普段見られない姿を見てキュンキュンしていた……みたいな感じです」

「はあ？　マジで？　そいつらには目がついてるのか？」

お兄さんは信じられないといった様子だったが、私から見てもお兄さんの真面目な姿はかっこいいなぁ、という気持ちはあった。

……それを口にするのは恥ずかしいのでそれ以上は言わないけど。

「私の友人にもお兄さんのファンがいまして、尊い……とか言ってましたよ」

もちろん、真奈美ちゃんのことだ。

お兄さんに触れるときなんて、気絶しかけていたし……。

「俺のファンねぇ、よく分からん需要があるんだな」

「あはは……その子は一応麻耶ちゃんのファンでもありますよ」

「それは見る目のある子だな」

腕を組み、満足した様子のお兄さん。

……相変わらずのテンションに私は苦笑していた。

そんな話をしていると、下原さんたちがこちらへとやってくる。

私たちの前に立つと、深く、頭を下げてきた。

「お疲れ様でした、鈴田さん。本日は過密スケジュールの中で対応していただいて、ありがとうございました」

「ああ、いや別にいいですよ。嫌なら最初から断ってますし」

「そう言っていただけると、助かります。……ずっと鈴田さんの指導を見ていましたが、素晴らしかったですね。魔力探知の能力がずば抜けていて、魔法を使うのに苦戦していた子たちもスムーズに使いこなせるようになっていて……先生たちも驚いていましたよ」

「まあ、俺の指導がたまたま合った子もいたようで良かったです。合う合わないも結構ありますからね」

「そうですね。ただ、今日鈴田さんの指導を受けた人たちは合っているようでしたね」

「それは良かったです」

……確かに人によって指導の合う合わないはあると思う。

ただ、お兄さんのやり方の場合、誰に対しても問題はないように見えたけど、やっぱり人を選ぶものなんだろうか？

そんなことを考えていると、下原さんがお兄さんに声をかける。

「本日はこれで終わりになりますが、どうでしょうか？　私たちのほうで車も用意していますが、ご自宅までお送りしましょうか？」

下原さんの提案に、お兄さんはちらと霧崎さんを見る。

この後の予定について考えているんだと思う。ただ、先ほど先生たちとの挨拶も交わしたし、もう大丈夫なはずだ。

霧崎さんは、微笑とともに頷《うなず》いた。

「今日はこれで解散ですので、迅さんの自由にしてください」

「そうですか。それなら送っていってもらいますかね。いやあ、今日は夜から麻耶の配信があるんで、早めに帰らないとって思ってたんですよ」

「それは鈴田さんにとっては一大事ですね」

「全人類の一大事にしてやりたいですね……。それじゃあ霧崎さん、凛音。俺はこれで帰るから！　そんじゃ！」

元気よく手を上げ、お兄さんは下原さんたちと帰っていった。

霧崎さんは苦笑しつつ、私のほうへとやってくる。

「本日はありがとうございました。色々と迅さんの無茶《むちゃ》に付き合っていただいて……」

「いえ、大丈夫です。それに、今日は比較的おとなしかったですから」

少なくとも、指導しているときは落ち着いていた。

休憩時間に少し冗談を言ってくるくらいだったけど、それも別に楽しめるものだったし。

お兄さん、わりと突拍子もないことを話すわりに、すっと受け入れられてしまうのはもう生まれ持っての才能なのかもしれない。

「私もこれで一度事務所に戻ります。何かあれば、連絡してください」

「はい。ありがとうございました」

私もぺこりと頭を下げ、霧崎さんと別れた。

これで今日の私の仕事は終了。

無事終えられて、ほっと一息をついてからクラスへと戻った。

教室に到着すると、クラスメイトたちの視線が一斉に私へと集まり、落胆される。

……どういうこと？

「凛音ー！　お兄さん一緒に連れてきてないの⁉」

それが、がっかりされた理由みたい。

まったくもう。

私をお兄さんとの引換券か何かと思っているようだ。

「……もう仕事は終わったからね。帰っちゃったよ」

「で、でも……私はお兄様に触れられて……ああ、幸せ……もう一生この手は洗わないわ……っ」

「真奈美ちゃん、汚いからやめてください」

真奈美ちゃんは自分の手に頬《ほお》ずりをしている。それは彼女だけでなく、他の人たちもだ。

私のクラスの人たち、大丈夫だろうか？

それから、先生が入ってきて、今日あったことについて各自しっかりと継続して訓練しましょう、という話だった。

……そう、お兄さんはあくまで成長するためのコツについて教えてくれただけ。

ここから能力を伸ばしていけるかどうかは、各自の努力に左右される。

私はそれをすでに理解していたけど、まだ行動に移せていなかった。

……お兄さんに指導をしてもらってから、私はまだ一度も水魔法を使ってないから。

ホームルームが終わると、笑顔で真奈美ちゃんがこちらへとやってきた。

「ねえ、凛音。今日は一緒に迷宮潜らない？」

「……はい、大丈夫です」

普段以上にやる気に溢《あふ》れた顔だ。これも、お兄さんの指導の影響かもしれない。

「よし決まり。それじゃあ、行くわよ」

クラスメイトたちも、それぞれパーティーを組むなどして迷宮へと向かう準備を整えている。

これがこの学園の日常的な光景。

校庭に出ると、私たちと同じような人たちで溢れていた。

「うわー、今日はなんかいつも以上に人多いわね」

真奈美ちゃんが苦笑を浮かべている。

……これだと、学園内の迷宮を利用するのは厳しそうだ。

「お兄様の指導を受けたあとでモチベーションが高いのかもしれないわよね。あたしだって今日は戦いたい気分だし」

「もうすぐ中間試験もありますしね」

「あー、それもあったわね」

中間試験では、基本的な科目とは別に冒険者としての試験も行われる。

だから、試験前などは迷宮に潜る人も増えてくるものだ。

「まあ、確かに今日やる気出さなかったらいつやるんだって話よね。仕方ない、学園外の迷宮にでも行きましょうか」

「……そうですね」

真奈美ちゃんがそう言って学園の外へと歩き出した。

「あれ？　なんだか嫌な天気だね」

「うん……さっきまであんなに明るかったのに、雨でも降るんですかね？」

空の嫌な色の雲を真奈美ちゃんと見ていたときだった。

ぞくり、と何か、強烈な悪寒を感じた。

「どうしたのよ？」

足を止めた私を真奈美ちゃんが不思議そうに見てくる。

「……真奈美ちゃん。なんだか、嫌な感じしませんか？」

「嫌な感じ？　特にしないけど……」

「……」

気のせい……？　そう思ったときだった。

「うわあああああ!?」

悲鳴が、聞こえた。

それに反応して振り返る。

そこには、大量の魔物たちが溢れていた。

迷宮の外に、魔物がいるというのは本来ありえない状況だった。

ただ、一つだけそれが起こる現象がある。

「凛音、あれって！」

「迷宮爆発《ダンジョンフレア》……っ」

迷宮の外へと魔物が溢れ出す現象で、現代でもっとも恐ろしいと言われている災害の一つ――。

迷宮爆発。

特筆すべきは、その魔物の現れ方だ。

まるで、迷宮の外に出現地点が移動したかのように、やつらは現れる。

そして、一定時間魔物が出現したあと、迷宮爆発の核であるボスモンスターが出現する。

……一応、そいつを討伐すれば、迷宮爆発が収まる。

解決方法は至ってシンプル。しかし、それを実行するには……それを押さえ込めるだけの戦力が必要になる。

「ちょ、ちょっと凛音！　やばくないあれ!?」

「や、やばいですよ……っ。それにあの魔物たちって――」

見たことがない、魔物ばかりだった。

学園で管理している迷宮はEランク迷宮までだけど、そのどの迷宮にも存在しない魔物たち。

筋骨隆々の人型をした魔物――。

オーガと呼ばれる魔物たちが迷宮の近くへと現れていた。

「見たこと、ないわよね……っ。まさか、迷宮爆発と同時に迷宮のランクアップも発生したってこと⁉」

真奈美ちゃんの言う通り、かもしれない。

今オーガが出現した近くにある迷宮はFランク迷宮だ。

あそこから出現する魔物なら、ゴブリンとかホブゴブリンとかそういったものなのに——。

「す、すぐに先生に連絡しないと……っ！」

そう真奈美ちゃんが叫んだ次の瞬間だった。

「ガアアアアアア！」

再び現れたオーガの一体が咆哮《ほうこう》を張りあげる。

魔力を含んだその威圧的な叫びが、私たちの体を縛り付ける。

周囲を震えさせる声が収まったとき、私の体は勝手に震え出していた。

「あ、あのオーガって……まさか、オーガキング……っ⁉」

「迷宮爆発の、ボスモンスター……っ⁉」

「あ、あんなのを倒せだなんて……無理に決まってるだろっ⁉」

迷宮爆発を収めるには、それを発生させている原因の魔物を仕留める必要がある。

つまるところ、先ほど咆哮をあげたオーガキングを倒せばこの事態は収まる。

だけど——あのオーガキングはどう見ても、学園の生徒たちが手に負えるような魔物じゃない……っ！

先ほどの咆哮だけでも、私たちとの格の違いは痛いほどに分かった。

今、学園内に高ランクの冒険者がどれだけ残ってくれているのか……。

先生や生徒たちで、こんな化け物をどうやって倒せばいいのか。

そんな絶望に支配されていたときだった。

オーガキングは笑みを浮かべながら、持っていた斧《おの》を振り下ろした。

「ガアアア！」

その叫びは、進軍を指示したのかもしれない。

オーガキングの叫びに合わせ、オーガたちが一斉に動き出した。

「う、うわあああああ！」

生徒たちの悲鳴が、あちこちからあがる。

必死に逃げ出した生徒たちだったが、それより先にオーガが迫る。

「皆！　急いで学園の外に逃げるんだ!!」

教師の声が響いた。いつも穏やかな表情で指導してくれている先生たちが、必死の形相で武器を持ち、オーガたちに対応しているのを見れば、事の重大さが痛いほど分かる。

教師たちがオーガの進軍を止めるように攻撃する。

両者の力は同じ程度だ。……オーガが一体であればそれでも問題なかったが、迷宮爆発はボスモンスターを倒さない限り無限に魔物が溢れてくる。

教師の周囲をオーガたちが囲んでいく。

必死に抵抗しているが、それでも徐々に傷が増えていく。

このままでは、死んでしまう。

「凛音！　逃げないと！」

真奈美ちゃんが必死の形相で私の腕を摑《つか》み、叫ぶ。

逃げるのが、正しいと思う。

でも、ここで逃げてしまったら、きっと今戦ってくれている人たちは皆……私の、両親のように殺されてしまう。

私は、ぐっと唇を嚙《か》みしめて立ち上がり、そして――

「ちょっと、凛音⁉　どうするつもりよ！」

「助けないと……っ！　皆、やられちゃいますっ」

そう思った私は、先生たちを援護するように水魔法を放った。

お兄さんと何度も訓練をしたけど、やっぱりまだうまく魔法は発動してくれない。

私の一撃を受けたオーガが、よろめいたが……ダメージはない。

すぐに苛立《いらだ》ったように視線をこちらに向け、雄たけびを上げて走ってくる。

速い……っ！

一瞬で距離を詰められ、斧が振り下ろされる。

私も剣を抜こうとしたけど、まったく反応できなかったのだが、その体が突き飛ばされる。

真奈美ちゃんだ。

真奈美ちゃんはすでに剣を抜いていて、私を弾《はじ》きながらオーガの一撃を受け止める。

身体強化を使いながらではあったが、オーガのほうが力は上のようで真奈美ちゃんが抵抗できたのは一瞬だった。

「うぐっ……！」

真奈美ちゃんが短く呻《うめ》く。

「真奈美ちゃん！」

「凛音！　あたしのことはいいからさっさと逃げなさい！」

真奈美ちゃんの叫びを聞いて、私は過去を思い出していた。

……逃げる、つもりはない。

私が冒険者として、ここにいる理由は私のような子を作らないためだ。

魔物が原因で悲しい思いをさせたくない。

だから、冒険者になって、強くなって……どんな迷宮爆発だって止められるようになりたい。

私は大きく深呼吸をしてから、お兄さんによって発動してもらった水魔法を思い出す。

私の魔法は……大切な誰かを守るために使う。

まずは……真奈美ちゃん……っ！

さっきの制御してしまった感覚を、私は破壊するように魔力を放出する。

それに気づいたのか、オーガがちらっとこちらを見てくる。

「はあああ！」

私はすべての魔力を解放するようにして、水魔法の準備をする。

イメージは、荒れ狂う川。

同時に、脳内にちらつくのは、先生を怪我《けが》させてしまったときの記憶。

意識的に制限をかけそうになってしまった自分を破壊するため——私はお兄さんの言葉を思い出す。

私は、皆を守るためにこの力を使うんだ……っ。

その思いとともに放った水は、オーガを吹き飛ばす。

……黒竜にだって多少はダメージを与えていたんだ。

私の全力の魔法なら、やれるはずっ。

私の魔法に気づいたオーガたちは、じっとこちらを見てから、

「ガアアアア！」

再び咆哮をあげた。空気が振動するほどの音が私を威圧してきたけど、私はそれを振り払うように睨《にら》み返す。

その次の瞬間だった。

オーガが地面を蹴って跳躍する。

その数の圧力に顔が引きつりそうになる。だけど、私はすぐに魔法を放った。

だが、吹き飛ばせたオーガは数体。

近づいてきたオーガが斧を振り下ろし、私はなんとか剣を間に割り込ませたが、弾き飛ばされる。

「うぐっ⁉」

意識を手放しそうになるのを必死にこらえたが、すぐにオーガが迫る。

すぐさま立ち上がろうとしたが、受けたダメージが大きく体が痛む。

……このままだと、死んでしまう。

死……それを意識すると体が震え出す。何とかしてこの場から逃げようと必死に抵抗したけど、ずしんと大きな足音が響く。

顔を上げると、オーガがにやりと口元を歪《ゆが》めていた。

「い、いや……っ」

思わず口をついて出た悲鳴が、さらにオーガの表情を愉悦に染めてしまう。

私は這《は》うようにして逃げようとしたが、すでに周りはオーガに囲まれてしまっていた。

もう、どうしようもない。逃げ道のすべてを失ってしまった私は、絶望するしかなくて……。

すべてを諦めるしかなかった……まさにそのときだった。

「ガアア⁉」

オーガが空へと吹き飛び、霧となって消える。

仲間がやられたことに驚いたオーガたちがそちらに視線を向けたとき。

何かが走り抜け、短い声が聞こえた。

「凛音。よく持ちこたえたな」

「お、お兄さん……？　どうしてここにいるんですか？」

「いや、帰ってる途中に嫌な魔力を感じ取ってな。車から飛び出して学園に戻ってきたんだよ」

「そ、そうだったんですね」

そう返していると、こちらへオーガたちが向かってくる。

校庭にいたオーガはこれですべてか。俺は持っていたポーションを凛音に渡してから、地面を蹴った。

そして――。

「「ガアアアア⁉」」

「よし、終わり」

すべてのオーガたちを一撃で仕留めた俺は、凛音のもとへと戻り口を開いた。

「そういうわけで、ここから殲滅《せんめつ》作戦だ。凛音も手伝ってくれるな？」

「て、手伝うって何をするんですか」

「道案内とか頼む。ほら行くぞ！」

俺はまだきょとんとしていた凛音を抱えるようにして走り出す。

「ひい⁉　お兄さん！　もうオーガたちが凄《すご》い数いるんですよ⁉」

「それは頑張らないとな！」

「そういう意味じゃないですよ……っ！　いくらお兄さんでも無理な数がいるんですよ！」

「大丈夫だ！　麻耶の視聴者たちを死なせるつもりはねぇ！」

オーガたちの注目を集めるために、俺は魔力を放出する。

そして、戦闘をしている人たちの魔力を探知し、即座にそちらへと跳躍する。

同時に体をひねるようにして、回し蹴りを放ち、今まさに生徒を襲おうとしていたオーガの首を刎《は》ね飛ばした。

霧となって消えた魔物を見て、生徒たちはきょとんとしていた。

「り、凛音っ⁉　それにお兄さん⁉」

「凛音、状況説明。避難場所の指示」

俺は短く凛音にそう伝えると、彼女はすぐに頷《うなず》いて声をあげる。

「は、はい……っ！」

俺は次の戦闘のために魔力を準備しつつ、校内にいるオーガたちの位置を把握していく。

凛音も手短に状況を伝えたところで、俺はまた彼女を抱えて走り出す。

「お、お兄さん、私、必要ですか？」

「俺よりも凛音のことを信頼してくれている人も多いだろ？　俺が怪我人《けがにん》に声をかけるより、凛音が声をかけたほうが安心してくれるかもしれないしな。あと、水魔法で攻撃と防御、頼むな」

「で、でも私まだそんなにうまく制御できるわけじゃ……」

「頑張れ。凛音ならできる！　ほら、さっそく頼むぞ！」

今まさにオーガと対面していた先生へと俺は一気に迫る。

俺が攻撃するより先に、凛音が先生とオーガとの間に水の壁を作り、オーガを弾き飛ばす。

「先生！　校庭に皆を集めています！　先生が皆の指揮を執ってください！」

「凛音！　それにお兄さんっ！　屋上のほうに多くの生徒が集まっています！　避難させないと！」

先生はオーガとの戦闘で多少ダメージを受けていたようで、右肩を押さえている。

指さした校舎の屋上からは、確かにオーガと生徒たちの魔力が感じ取れた。

……校舎内に散らばっていたオーガたちは、俺の残した魔力を追うようにして校庭へと向かっている。

とはいえ、まだ集まるまで時間はありそうだ。あの屋上の生徒たちを避難させてからでも間に合うだろう。

「屋上ってどのくらいの高さだ？」

「五階くらいですが……」

「まあ、そのくらいか」

俺がその場で軽く足を動かしていると、脇に抱えていた凛音が頬《ほお》を引きつらせる。

「あ、あのお兄さん……確認なんですけど、あそこまでどうやって行くんですか？」

「凛音は高い場所は苦手か？」

「あんまり得意ではないといいますか……」

「じゃあ、我慢してくれ。行くぞ」

俺は思い切り地面を踏みつけ、屋上まで跳び上がる。

「きゃああ!?」

凛音が悲鳴をあげながら、スカートを押さえているが、俺はすぐに魔力凝固で足場を作り、今まさに屋上への扉を破壊して出てきたオーガへと迫る。

屋上での籠城は賢いやり方だが、逃げ道がないという問題もある。

「お、お兄さん⁉」

「凛音さん⁉　ど、どうしてここに⁉」

俺の蹴りでオーガたちは吹き飛び、その間に凛音を屋上に下ろして生徒たちの避難誘導を任せる。

「凛音！　その滑り台から全員を校庭に避難させろ！」

俺は校庭まで直通の魔力凝固で作り上げた滑り台を指さすと凛音が目を見開いて叫ぶ。

魔力凝固は少ない魔力では維持できない。

ただ、膨大な魔力で作り上げれば、しばらくそこに存在できる。

「え⁉　な、なんでこんなもの作ってるんですか⁉　ていうか、なんで滑り台の横におっきな麻耶ちゃんを作ってるんですか！」

「皆の不安を取り除くためのマスコットだ！　いいから！　ほら、早く行かせろ！」

俺が叫ぶと凛音は迷いながらもすぐに皆を滑り台に誘導した。

全員が屋上から脱出している間、俺は残っていたオーガたちを殲滅する。

……校庭に急がないとな。

「お、お兄さん……全員の避難完了しました」

「んじゃ、すぐ校庭行くぞ。学内のオーガたちが集まってきてるからな」

俺はすぐに凛音を脇に抱え、屋上から飛び降りた。

もう聞きなれた凛音の悲鳴をＢＧＭに、一気に校庭へと向かうとかなりのオーガたちが迫ってきていた。

「おうおう、集まってんな」

「鈴田さん⁉　こ、これはいったい何がどうなっているんですか⁉」

下原さんたちだ。彼らも戦闘準備を整えているようで、それぞれ武器を構えている。

俺は凛音を解放し、生徒全員を一か所に集め、その周囲を魔力凝固で作り出した壁で覆った。

……特殊魔法の中には結界魔法というものもあり、それに比べれば俺の魔力凝固で作った壁は心もとないが足りない分は大量の魔力で補強した。

「下原さん。今からオーガたち殲滅するんで、ちょっと待っててください」

「な、なにがどういうことですか――」

「ガアアアア！」

「ああ、もううるさいやつだなっ」

驚いた様子の下原さんに返事をするより先に、俺は迫ってきたオーガを蹴り飛ばした。

意識を奪ったオーガの体からがくりと力が抜ける。だが、死んではいない。

気絶させただけだ。

俺はその足を持ってから、オーガへと魔力を伝達していく。

そして、周囲に集まっていたオーガたちへ一度視線を向けてから、思い切り振り回した。

元々持っているオーガの頑丈な体を、俺の魔力で強化すればもう立派なハンマーのようなものだ。

「おらおら！　かかってこいよ！」

「ガアアア⁉」

「ウガアア⁉」

周囲のオーガたちを一方的に薙《な》ぎ払い、吹き飛ばしていく。

次々に霧となって消えていく仲間を見たオーガたちは、気づけば俺から逃げ出そうとしていた。

その道の先を魔力凝固で作った壁で阻む。

「逃げてんじゃねぇぞ！　ほれ、ホームラン！」

思い切り打ち上げると、空中で死んだオーガが霧となって消える。

背後から怯《おび》えた様子で斧《おの》を振り下ろしてきたオーガの攻撃をかわし、俺のオーガハンマーで地面へと叩《たた》きつける。

「はっはっ！　おら、どんどん抵抗しろよ。そうじゃないと全滅しちゃうぞ？」

使っていたオーガだったが、やがて霧となって消滅してしまう。

あまりにも無茶《むちゃ》な使い方をしてしまったからか、どうやら限界が来てしまったようだ。

俺の武器が消えたことで、いささかオーガたちの戦意が回復したのか、雄たけびとともに突っ込んでくる。

武器が壊れたらどうするか。新しい武器を手に入れる。それだけだ。

「んじゃあ、次はおまえだ」

「ウガ⁉」

近くにいたオーガを死なない程度に痛めつけて意識を奪ったところで、第二のオーガハンマーの完成だ。

その両足をくっつけるようにして摑《つか》んだ俺は、先ほど同様に魔力を込めて周囲を薙ぎ払うように回転する。

巻き込まれたオーガたちが吹き飛び、倒れていく。

順調に数を減らしていったオーガたちは、俺に恐怖するかのように顔を青ざめさせていく。

逃げようとするやつまでいたが、逃がすわけがない。

そのときだった。

「ガアアアアア！」

倒れたオーガたちが霧となって消えていく間から、ひときわ大きなオーガが姿を見せる。

「オ、オーガキング⁉」

「な、なんでEランク迷宮からAランク級のボスモンスターが出てくるんだよ⁉」

「やっぱりこの迷宮、迷宮爆発だけじゃなくて突然変異も発生しているのか……っ！」

驚きと絶望の入り混じった声の波が広がっていく。

こいつが、恐らくはこの迷宮爆発の原因であるボスモンスターだろう。

「部下が一掃されて、慌てて出てきたのか？」

「……」

オーガキングは苛立《いらだ》ったようにこちらを見てきて、背負っていた斧を右手に構える。

その斧へと魔力が集まっていき、そして——振り抜かれた。

俺とオーガキングとの間にあった距離を殺すように、オーガキングの斧から斬撃が放たれた。

余裕でかわせるような速度。だが、俺の背後には凛音や学園生たちがいる。

にやりとオーガキングが笑みを浮かべた気がした。

こいつ、狙ってやったのか。

「お、お兄さん！」

俺を呼ぶ声は、悲鳴のようなものだった。

……まったく、賢い魔物だことで。

俺は迫る斬撃を見ながら、小さく息を吐き、そして――。

「この程度でどうにかできると思ってんじゃねぇぞ！」

俺は足を思い切り振りあげた。

こちらへと迫っていた斬撃は、俺の足に当たると同時に霧散する。

完璧に防いでみせると、オーガキングの表情が一気に険しくなる。

動揺が見て取れるオーガキングに対して、俺はお返しをしてやることにした。

魔力凝固を発動し、右手に一振りの剣を作り出す。

幅広の剣は、大剣のようなサイズだ。

柄《つか》を握りしめた俺は、それからそれを肩へとのせるようにして、息を吐いた。

「ほら、今度はこっちの番だぞ！」

思い切り大剣を振り抜いた。魔力をのせた一撃は、俺の剣から衝撃波を生み出し、オーガキングへと迫る。

「……ガ、ガアア！」

オーガキングは慌てた様子で斧を振り下ろすと、俺の斬撃と斧がぶつかり合った。

止まった時間は——僅か。

俺の斬撃はオーガキングを飲み込み、その背後で逃げようと走り出していたオーガたちもまとめて飲み込み——そして、空へと打ち上がり、雲を切り裂いた。

オーガキングは……その体を真っ二つにし、残っていたオーガたちの殲滅《せんめつ》もついでに完了だ。

俺は大剣をくるくると右手で回しながら、魔力凝固を解除した。

「よし、こんなところか？」

周囲を見るが、もう問題はなさそうだ。

生徒たちを囲んでいた魔力凝固の壁を消したところで、啞然《あぜん》とした顔で固まっていた下原さんに近づいた。

「下原さん、ざっとこんなところで迷宮爆発は収まったと思うんですけど、後は任せてもいいですか？」

「あ、後……ですか？」

「ええ。今夜、麻耶の配信があるんで早めに帰りたいんですけど……」

今から急いで帰ってシャワー浴びて、夕食の後、精神統一して準備をしなければならない。

走って帰れば時間は大丈夫だと思うが、この後の事務的な処理などに関わっていたら間に合わない可能性がある。

俺の言葉に下原さんはしばらくきょとんとしていたが、すぐにこくりと頷《うなず》いた。

「……だ、大丈夫です」

「よし！　今からならまだ間に合うな！　って、そうだった」

最後に、凛音に伝えておかないとな。

「凛音。色々助かったよ、ありがとな」

「……お兄さん。私こそ、色々ありがとうございました」

彼女はこれまでよりも明るい表情で頭を下げる。

俺は即座に魔力凝固を使用し、家へと向かって空を駆けていった。

迷宮配信者事務所「リトルガーデン」について語るスレ128

156：名無しの冒険者

おまえらお兄様の戦闘見たか？
157：名無しの冒険者
冒険者学園での戦闘だよな……？
おすすめに出てきたからな。もう見まくったぜ
158：名無しの冒険者
やばすぎだよな……一人で迷宮爆発制圧してたもんな……
おまけに、進化した迷宮とかいうイレギュラーだったみたいだしな
159：名無しの冒険者
オーガキングとかオーガが出てくるような迷宮ってことはBかAランククらいはあるよな？
それを一人で制圧ってSランク冒険者はこのくらい当然なのか？
160：名無しの冒険者
魔法系ならできないこともないと思う
ただ、それも魔物に狙われていないっていうのが条件につくけどな……
あんな風に正面から殴り合って鎮圧とかなかなかできないぞ
161：名無しの冒険者

日本のトップレベルだと難しいぞ
海外のトップレベルだとまた一段階上の領域にいるから違うけど
162：名無しの冒険者
お兄さんってもしかしてガチで日本最強なのか？
163：名無しの冒険者
ありえるだろうな
ただ、どっちにしろSランクより上は公式では分けられてないからな
一応違う呼び方はされるけど、お兄さんもSランク冒険者だな
164：名無しの冒険者
連日お兄ちゃんのニュースばっかりだよな
165：名無しの冒険者
それでも本人はマヤちゃんの配信を見ているだけなんだろうなぁw
166：名無しの冒険者
今じゃ日本でお兄さんのこと知らない人はいないくらい目立ってるのになw
167：名無しの冒険者
ていうか、海外でも注目されまくってるぞ

168：名無しの冒険者
海外のギルドもお兄さんをスカウトしたいって騒いでいるみたいだしな

169：名無しの冒険者
スカウトといえば日本のギルドも勧誘はしたみたいだけど、お兄さんどこかに所属するとか考えてないよな

170：名無しの冒険者
……今の五大ギルドのどこかにお兄さんが入ったら、完全に頭一つ抜けるよな

171：名無しの冒険者
それかお兄さんが自分でギルド作らないかね？

172：名無しの冒険者
ていうか、「リトルガーデン」が配信者支援事務所のはずなのに下手《へた》なギルドよりも戦力保有しているよな……

173：名無しの冒険者
Sランク冒険者の真紅《しんく》レイナに、お兄さんだろ？
その下にいる子たちもルカちゃん、リンネちゃん、マヤちゃんとお兄さんの指導を継続的に受けているし……あれ？　確かにやばいかも？

174：名無しの冒険者
もはやギルドと名乗っていいくらいだなw
175：名無しの冒険者
まあ、どっちにしろ冒険者協会はお兄さんに頭が上がらないよな
生徒の指導してもらって、迷宮爆発も抑えてもらったんだからな
176：名無しの冒険者
あと少しで大災害になってたよな……
やっぱ、迷宮がある場所に学園を作るのはやめたほうがよくないか？
177：名無しの冒険者
学園と迷宮に関しての議論は終わることのない論争になるからやめろ
178：名無しの冒険者
まあテレビでも連日肯定派と否定派で争ってるもんなw
179：名無しの冒険者
でも結局のところ今の時代、迷宮がなきゃどうしようもないんだし、このままいくしかないと思うけどな
180：名無しの冒険者

できるのならお兄さんみたいな化け物を学園に配置することだけど、まあ無理だわな

エピローグ

迷宮爆発《ダンジョンフレア》は、完全に終息した。

……学園生にとって、迷宮爆発が危険なものだという認識はしっかりと広まり、より強くなりたいという気持ちを抱く人も増えた、と思う。

少なくとも、私はそうだった。

……トラウマになった生徒がいないのは、お兄さんのおかげだ。

あんな派手な戦闘を見せられたら、そりゃあそうなるって感じだった。

ただ、まあ、未来ある子どもたちが危険に晒されたということで、今もなおニュース番組では冒険者学園の在り方について色々と議論はされているようだった。

危険はあるけど……でも、今の時代、迷宮がなければどうしようもないよね。

そして、それら迷宮を攻略できる冒険者を育成するには、やはり実戦での経験が必要だと思う。

だから、私は今の教育制度について何かあるということはない。

……できれば、お兄さん級の冒険者を各冒険者学園に配置してくれればいいけど、そんなのは難しいって分かってるし。

学園は今、メディア対応に追われていてなかなか忙しい。私たちも、校門などでマスコミに声をかけられることもあるくらいだし、上の方は本当に大変なんだろう。

学園と私たちはそのくらいで終わったけど、お兄さんに関しての反響は未《いま》だ収まることはなかった。

黒竜を倒した話題の冒険者が、今度は学園の迷宮爆発を一人で収めたんだから、そりゃあそうだよね。

あのときの戦闘を撮っていた生徒の誰かがネットに公開したため、今回の事件は全国的に知れ渡ることになった。

連日ニュース番組ではお兄さんの圧倒的な戦闘が報道され、それはもう凄《すさ》まじい盛り上がりだ。

学園に押し掛けてきたマスコミからも、迷宮爆発に対しての感想というよりはお兄さんの戦闘を見ての意見などを求められることが多いくらいだった。

お兄さんがいなければ、確実に死者が出ていた災害だし注目されることは仕方ない。

……まあ、それとは別にちょっぴり炎上もしていた。

私を抱きかかえていたシーンなどだ。お兄さんはもちろん、私も少しだけ炎上してしまった。

……お兄さんの過激ファン、怖い。

真奈美《まなみ》ちゃんにも「私もお抱っこしてほしかったあぁぁあ！」と泣きつかれたし。

いや、私荷物みたいに扱われてたんだけどね。

助けてもらってすぐのセリフがこれだったもので、私をもう少し心配して、と思いはしたけど。

ま、まあ大丈夫。

そんな私は、迷宮爆発を体験してから初めての休日を迎え、自分がお世話になっていた児童養護施設を訪れていた。

……久しぶりに来るけど、ずいぶんと建物はキレイだ。

迷宮による被害は確実に増加している。それに伴って親を失った子どもたちへの支援金は今もかなり増えているらしい。

それらの支援金は、児童養護施設を卒業した人たちが出してくれているらしい。

いつか、私も支援できるくらい稼げる冒険者になりたい、というのはひそやかな夢の一つでもある。

色々な人たちのおかげで、全国の児童養護施設などは今では結構問題なく運営できているのだとか。

私がチャイムを鳴らすと……私がお世話になった先生がやってきた。

「あっ、凛音《りんね》ちゃん！　久しぶりじゃない！」

相変わらずの穏やかな表情で駆け寄ってくる。

前に会ったときより少しだけ老けたように見えるけど、まだまだ元気そうでよかった。

「はい、お久しぶりです、南《みなみ》先生」

私がもっともお世話になった人にして……私が魔法で昔怪我《けが》をさせてしまった先生だ。

先生とともに施設の門をくぐったところで、南先生は笑顔を浮かべる。

「凛音ちゃん、今日はタイミングよかったわね」

「……買い出しに行かされる、とかですか？」

「もう嫌ね。そんな警戒しないでよ。ほら、凛音ちゃんが好きだった冒険者の先生がたまたま今日来てくれているのよ？」

「……す、好きだったって……別にそういうわけでは……」

この児童養護施設を支援してくれている外部の冒険者がいた。

皆は冒険者の先生、と呼んでいて名前を聞いたことはなかったかな。

ゲームや漫画、他にもお菓子やジュースなどを差し入れしてくれた先生だ。

……あとは、冒険者としての訓練もつけてくれたっけ。

もう四年くらい前だろうか？　私がこの施設を出てから、冒険者の先生には一度も会っていなかった。

冒険者の先生ってどんな人だったっけ？

昔を懐かしむように思い出していると……あれ？　そういえば、冒険者の先生の顔って、麻耶《まや》ちゃんのお兄さんに似ていたような……？

あ、あれ？

思い出された顔は、麻耶ちゃんのお兄さんに雰囲気が似ていた。困惑したまま南先生とともに歩いていくと、そこには――

「お、お兄さん!?　な、なんでここにいるんですか？」

「ん？　おっ、凛音か？　おまえこそなんでここに？」

お兄さんは少しだけバツの悪そうな顔をしている。

ちょうど子どもたちと木剣で打ち合っているのだが、子ども六人がかりの攻撃すべてを捌《さば》いている。

よそ見しながらも、子ども相手にまったく後れを取っていないお兄さんはさすが……ってそうじゃなくて！

お兄さんは一度タイムをとり、こちらを見てくる。

「……南先生。何でここに凛音がいるんですか？」

「あら、迅《じん》さんも覚えていたの？」

微笑を浮かべる南先生の様子に、お兄さんは眉間を寄せた。

「いや、覚えてはいないんですけど……この前冒険者学園で野暮《やぼ》用があったので……。もしかして、凛音ってここの出身なんですか？」

「そうよ。ほら、凛音ちゃん。懐かしいでしょ？　小さい頃はよく迅先生の背中にくっついて将来は結婚す――」

「わあああ！　ちょっとやめてください！　小さい頃の話ですから！」

お兄さんはそれではっきりと思い出したようで、ぽんと手を叩《たた》いてからかうようにこちらへ背中を向けてきた。

「凛音。くっつくか？」

「やりませんよ馬鹿！　お兄さんはなんでここにいるんですか！」

私は無理やり誤魔化《ごまか》しながらも、頭の中ではぐるぐると思考が巡っていた。

……昔からよく児童養護施設に来ていたのはお兄さんだった？

五年前くらいの記憶を思い出してみる。……朧《おぼろ》げだった記憶だけど、確かに若くしたお兄さんと似ている部分はある。

え……？

……私が昔好きだった先生？

え？　あ？　……え!?

「迅先生はいつも色々差し入れしてくれているんだけど、モニターが最近映らなくなっちゃったって言ったらすぐ持ってきてくれたのよ」

そう言って隣の部屋に見える大きなモニターを指さした。

「な、なんであんなものがあるんですか……？」

「最近だと子どもたちも配信者の動画とか見たいみたいでね。迅先生が色々と設定してくれて、よくマヤちゃん？　という子の動画を流しているのよ。あと、迅先生も最近配信者デビューしたわよね。私も妹になっちゃったの！　ね、お兄さん！」

「……それ、マジでやめてください」

冗談めかして言った南先生に、お兄さんが珍しく頭を抱えている。

……お兄さん？

もしかして、児童養護施設の人たちを麻耶ちゃんのファンにさせるためにあのバカでかいモニターを差し入れしたの？

そういえば、結構前にニュースになっていたかも。

全国あちこちの児童養護施設にたくさんのモニターの寄付があり、子どもたちが喜んでいる、とか。

……お兄さん。

お金に余裕もあって、そんなアホなことをするのはお兄さんくらいしかいない……。

「まあまあ。ここからは若いお二人さんでお話でもしていきなさい。ね、頑張りなさいよ凛音ちゃん！」

「何か勘違いしていませんか南先生！」

私は叫んだけど、南先生は子どもたちを連れて隣の部屋でチャンバラごっこに付き合っていた。

……意外といい動きをしているのは、お兄さんが指導したからだろうか？

私は……色々と戸惑っていたけど、とりあえず……聞いてみた。

「お兄さんってもしかしてわりと寄付とかしてるんですか？」

「近場の施設には直接で、まあ……あとは寄付とかちょこちょこな」

「……そう、なんですね」

……凄《すご》い、と思った。

お兄さんは少し迷宮に潜れば普通の人の一生分くらいのお金を稼げるだけの才能を持っている。

……でも、それでしていることが、寄付と……麻耶ちゃんへの推し活だけ。

欲があるのかないのか、よく分からないけど、私はぺこりと深く頭を下げた。

「……お兄さん。色々とありがとうございました。魔法が使えるようになったのも、ここまで私が成長できたのも……お兄さんのおかげもあると思います」

感情はぐちゃぐちゃだ。でも、今は色々な想《おも》いを胸の奥に押し込んで、お兄さんに感謝を伝えた。

色々なことへの感謝の言葉。

お兄さんが遊びに来るのは、両親を失って落ち込んでいた私の楽しみの一つだった。

それから、冒険者を目指そうと思えたのも。

ここでの生活で、特に何か苦労することがなかったのも、きっとお兄さんが寄付をしてくれていたからだろう。

「凛音……凛音。……背中に張り付いていた凛音はそういえば、いたかもなぁ……。いつも、みんみん鳴いてたよな」

「……そのセミか何かみたいな扱いをするのはやめてほしいんですけど………お、覚えているんですか？」

……色々と思い出してきた。

通っていた小学校で、将来はお兄さんと結婚したい！　みたいなことを話していたこととか……私が学校で告白されたときに、好きな人がいるからと言ってお兄さんのことを話題に出したとか……色々と、うがあああ！

必死に恥ずかしい思いを隠しながら、私はお兄さんの先の言葉が気になってしまっていた。

……覚えていてくれた。も、もしかしてお兄さんもちょっとばかり私のことを意識していたとか？

いやいや、それはそれでお兄さんが極度のロリコンになってしまう。私がここにいたのは、小学六年生までだし。

複雑な思考をしていると、お兄さんは微笑《ほほえ》んだ。

「魔力が凄《すさ》まじい子だった……よな？　ただまあ、会うのは久しぶりだし、似たような名前の子は他にもいたからな。まさか、あの背中にいつも張り付いてきて、あちこち連れまわそうとしてたやんちゃな凛音だったとは……」

「わあああああ！　もうそれ以上口を開かないでくださいぃ！」

叫ぶ私を見て、お兄さんは笑っていた。


学園での迷宮爆発を収めてから二週間ほどが経《た》った。

迷宮爆発での戦いに関して、俺のことが報道されまくってしまい、それが原因でマスコミと思われる人が家の近くをうろうろしているなど面倒なことはあったが、それでも今はもう完全に落ち着いてくれた。

凛音も、自分の魔法に対して前向きになれたようだし、結果的に見ればすべてうまくいったと思う。

落ち着いたある日の土曜日のことだ。

俺と麻耶は、両親の墓参りに来ていた。

特に明確に行く日を決めていたわけではないのだが、今日はなんとなくお互いに行きたいと思っていた。

いつものように墓石を軽く清掃し、購入してきた花を飾り、線香に火をつける。

お父さん、お母さん。

麻耶は今日も世界一可愛《かわい》いです。

あと、俺も元気にやれてます。

……ほとんどここに来て話す内容は、このくらいだ。

でも、ここに来ると色々とモヤモヤした感情が湧き上がるのも確かだ。

もしも、両親が迷宮爆発に巻き込まれてしまったときに、今の俺がいたなら助けられたのかな、とか。

もっと他にやれることはなかったのかな、とか。

……家族との時間とか、もっと大切にすればよかったなって、今では思う。

両親が生きているときには当たり前で、その時間の大切さは分からなかった。失って初めて気づくっていうのは残酷だ。

だから俺は、生きている限り麻耶への愛を伝えることに決めた。

隣を、ちらっと見る。

ここに来て、麻耶はどんなことを考えて、何を思っているのだろうか。

そんなことを考えていると、彼女の視線がこちらへ向いた。

「もう私は大丈夫だけど、お兄ちゃんは？」

「俺も大丈夫だ。帰るか」

「うん」

並んで歩き出したところで、麻耶が問いかけてきた。

「お兄ちゃんって、パパとママに会いに来たときってどんなこと考えてるの？」

「麻耶も俺も元気だってことは必ず伝えてるかな。麻耶はどうだ？」

「私も似たような感じかな？　あとは、最近の出来事とかかな？　身の回りのこととか変わったこととかあったらね」

「最近の出来事っていうと、学校とかか？」

「いつもはね。でも、今日はお兄ちゃんのことだよ」

「俺か？」

「うん。お兄ちゃんが配信活動始めてからはまだ来てなかったでしょ？　だから、それの報告をしたんだ」

にこりと笑顔を浮かべたあと、麻耶は少しだけ歩幅を大きくした。

俺よりも二歩ほど先を歩いていた彼女はゆっくりと話し出す。

「でも、報告に来てみたら、なんだか自分が情けなくなっちゃったよ」

「どういうことだ？」

「また、お兄ちゃんに助けられちゃったなぁって思って」

「助けられちゃったって……何かしたっけ俺？」

「もうっ、黒竜倒してくれたでしょ！」

……ああ、それか。

麻耶のためにやることは呼吸するのと同義なので、そんなものは助けたうちに入らないのでカウントしてなかったな。

「そのくらいはお兄ちゃんとしては当然のことだからな」

全国のお兄ちゃんは妹のために黒竜を倒すくらいはやらないとダメなんだ。

「でも、情けなく感じちゃったんだよ。私、自分の力で生きられるように配信活動をしてでしょ？」

……やっぱり自分一人じゃなかなかうまくいかなくて、お兄ちゃんに手伝ってもらってる

「それもお兄ちゃんとして当然のことだな」

「……うん、お兄ちゃんはそうだよね。でも、私としては助けてもらってばっかりで、お兄ちゃんに何も返せてないと思っちゃって」

こちらを振り返った麻耶は笑顔だったけど、いつもみたいな無邪気なものじゃなかった。

色々と悩みがあって、それを混ぜ込んだ笑顔だった。

「お兄ちゃんが黒竜を倒して、配信活動を始めて……また私色々助けてもらっちゃってる

から……余計に最近は色々と考えてたんだよね。私、このままでいいの？　って感じで」

……そうだったんだな。

普段、笑顔が多い麻耶だけど、彼女なりに色々と考えていることは兄として気づいている。

それを打ち明けたということは、結構本気で悩んでいたのだろう。

「麻耶」

俺は短く彼女の名前を呼んだ。

俺よりも小さい彼女は、俺を見上げるようにしてこちらを見てくる。

「両親が迷宮爆発に巻き込まれてから……色々あったよな」

色々……大変だった。

元々、自分たちには親戚などがいなく、祖父母も早くに亡くなっていたため、頼るアテがなかった。

そもそも、当時の迷宮爆発はなかなかの規模であり、俺たちのような子は少なくなかった。

だから、俺たちなんてありふれた可哀想《かわいそう》な遺族であり、同情されるだけの存在だった。

俺に残された選択肢は、麻耶を養護施設に入れるくらいのものだった。

そうすれば、俺は働ける年齢だったから俺は自分の生活だけを気にしていればよかった。

でも——それだけはダメだと思った。

両親からはずっと麻耶の見本になるように教え込まれていて、それが両親の残してくれた大切な約束だったからだ。

両親を失って悲しかったけど、それでも俺が楽しく生きていられたのは——。

俺は麻耶の目を見つめ返し、それからゆっくりと口を開いた。

「麻耶がいたから、今の俺はあるんだ」

「……」

「麻耶がいつも家で笑顔で待っててくれて、それでもう十分返してもらってるんだよ」

「……お兄ちゃん」

麻耶はじっとこちらを見てきたが、まあ色々と思うところはあるようだ。

彼女からすれば、「そのくらいじゃ返しているって言わないよ」という気持ちはあるのかもしれないが、それは受け手次第だしな。

「まあ、麻耶はこう言っても納得しないんだろ？　ただ俺の気持ちとしてはそういうことだってのも分かってくれ」

「……むぅ、そう言われるとちょっとずるいよ」

「たまにはずるくてもいいだろ。……これからも元気にやりたいことを全力でやってくれ。その姿を見られればそれでいいからな」

俺がそう言うと、麻耶はむすーっと頰《ほお》を膨らませる。

「お兄ちゃん……。うん、ひとまずは納得することにするけど……いつかもっと色々返せるようにするんだからね」

「それは楽しみにしておくよ」

笑顔とともに麻耶が俺の隣に並んできて、ぎゅっと腕に抱きついてくる。

あっ、今ので十分返してもらいました。

俺は幸せな気持ちで、麻耶とともに家路につく。

お互い、晴れやかな気持ちで家へと向かっていた帰り道だった。

私服姿の凛音が、とある店の前にいた。

武器屋だ。

スマホを弄《いじ》りながら時間を潰しているように見えるあたり、誰かと待ち合わせでもしているのだろうか？

「あれ、凛音ちゃん？」

麻耶が声をかけると、スマホから顔をあげた。

「あれ、麻耶ちゃんとお兄さん？　二人とも、休みの日も一緒なんですね」

「今日はたまたまな。凛音は一人なのか？」

「今流花《るか》さんと一緒に遊びに来ていたんですよ。武器とか一緒に見ていたんです」

そうなんだな。

俺たちがそんな話をしていると、ちょうど店の中から流花が出てきた。

「凛音。ごめん、ちょっとトイレ混んでて——って、お、お兄さん⁉」

驚いた様子で頬を赤らめる流花。

「おう、お兄さんだ。こうして街中で会うなんて珍しいな」

「そうだね。そうだ、お兄ちゃん。ここで会ったのも何かの縁だし、この後お昼一緒に行くのはどう⁉」

目を輝かせている麻耶の意見を断るつもりはない。

「俺は別にいいけど、流花と凛音は予定があるんじゃないか？」

「いえ、私たちもこの後どこかで食事をしようと思っていたので、大丈夫です」

「そうか？」

それなら大丈夫か。

「やった！　それじゃあ、お兄ちゃんの奢《おご》りだね！」

「奢り？」

目を輝かせる流花。と凛音がぺこりと冗談交じりの笑顔とともに頭を下げてくる。

「お兄さん、ありがとうございます」

「まだ奢るとは言ってないぞ凛音」

まったく、この子たちの連携は凄《すさ》まじい。

俺が拒否の姿勢を見せた瞬間だった。

麻耶が両手を合わせる。

「お兄ちゃん、お願い！　ダメ？」

「ダメなんかじゃないぞ！　なんでも奢っちゃうぞ！」

「ありがとうお兄ちゃん！　皆、オッケーだって！」

くそっ、しまった！

麻耶のお願いだからってなんでもかんでも聞いていたらダメなのに！

これでもう通算千を超える敗北だ。いつまでも甘やかさないよう、次からは気を付けよう。

「あっ、でもお兄さんお金今持ってますか？　流花さん、結構食べますけど」

「そ、そんなことない」

凛音の言葉に流花は慌てて首を横に振る。何やら、恥ずかしそうにしている。

もしかして、大食いなことを知られるのが恥ずかしいのだろうか。

「別に、よく食べるのはいいことじゃないか。見ているこっちとしても、悪い気はしないし」

「そ、そう？　私よく食べる子……」

「そうか？」

流花が何やら嬉《うれ》しそうにそう言ってきた。

その意図は分からないが、ひとまず方針は決まった。

「それじゃあ、お店が混む前に行こっか！」

麻耶の言葉に頷《うなず》き、俺たちは近くの飲食店へと向かったのだった。

――これまでもこれからも。俺は麻耶のために生きていくと決めていた。

世界中のすべての人に、麻耶の可愛《かわい》さを伝えることこそが俺に与えられた使命だと思っていた。

配信すると決めたのだって、麻耶の魅力を全世界に伝えるためだったが……今は少しだけ違う。

流花や凛音。彼女たちと関わり、自分の夢や目標に全力な彼女たちを、応援してあげたいという気持ちが生まれていた。

彼女らの夢を手伝い、その魅力を伝えることも……してあげたい、いやしてもいいかなぁ？　くらいには思えていた。

だから、「リトルガーデン」の一員として、これからも配信活動を頑張っていこうと思う。

まあもちろん、どこまでいっても俺の最推しは麻耶で変わらないけどさ。

DAYLY
I wish i could eat
strawberries every day

あとがき

この度は、『妹の迷宮配信を手伝っていた俺が、うっかりSランクモンスター相手に無双した結果がこちらです』を手に取っていただき、ありがとうございます。

私はこちらの作品を書かせていただいた、木嶋隆太《きじまりゅうた》と申します。普段は主にネットなどで小説を投稿しております。

こちらの作品もネットで投稿していた際に声をかけていただき、出版という流れになりまして、このように本という形になりました。本当にありがとうございます。

もしかしたら、あとがきから目を通している方もいるかもしれませんので、軽く作品の内容紹介と宣伝をしたいと思います。

『妹の迷宮配信を手伝っていた俺が、うっかりSランクモンスター相手に無双した結果がこちらです』では、コメディ要素を軸に、ちょっとしたラブコメ要素を入れ、再びコメディ要素で挟んだような作品です。簡単に世界観を説明すると、現代日本に迷宮が突如現れ、その迷宮内の様子を配信するというのが流行《はや》っている世界。それを妹狂いのお兄ちゃんが妹を助けるために全力を出したら、その様子が全世界に配信されてしまって注目される……というのが始まりとなります。とにかく主人公が無双しまくる！　かっこいい感じの強い主人公にしたい！　と思っていたら、気づけば妹狂いの主人公になってしまっていたんですよね。

妹の麻耶《まや》はもちろん、たくさんの可愛《かわい》い子たちに囲まれ、きゃっきゃうふふな生活を送りたいという方にはぜひ読んでいただきたいです。

妹以外にもそれはもう可愛い子たちがいるので紹介はしたかったのですが、そろそろあとがきのスペースも終わりそうなので、最後に謝辞を。

編集様、イラストレーターのｍｏｔｔｏ《モット》様。私のふわふわとした設定のまま書き進めていたものをきっちりとまとめてくださり、また同じくふわふわとした設定資料から、素晴らしいイラストを描いてくださり、ありがとうございます！

そして最後に、読者の方々に本当に感謝を！　書店やＷＥＢなどで目に留めて、購入してくれた方々はもちろんのこと、ネットに投稿していたときに読んで応援してくれた方々のおかげもあり、こちらの作品はより多くの方に読んでいただけるようになりました。

そして、末尾になりますが、こちらの作品はコミカライズもされますので、そちらも読んでいただけると嬉《うれ》しいです。

それでは、またどこかでお会いできることを願っています。ここまで読んでいただきありがとうございました。

妹《いもうと》の迷宮配信《めいきゅうはいしん》を手伝《てつだ》っていた俺《おれ》が、うっかりS《エス》ランクモンスター相手《あいて》に無双《むそう》した結果《けっか》がこちらです

著　木嶋隆太《きじまりゅうた》

角川スニーカー文庫　24054
2024年３月１日　初版発行

発行者　山下直久
発　行　株式会社KADOKAWA
〒102-8177 東京都千代田区富士見2-13-3
電話　0570-002-301（ナビダイヤル）
印刷所　株式会社暁印刷
製本所　本間製本株式会社

Printed in Japan　ISBN 978-4-04-114698-9　C0193

★ご意見、ご感想をお送りください★
〒102-8177 東京都千代田区富士見 2-13-3
株式会社KADOKAWA　角川スニーカー文庫編集部気付
「木嶋隆太」先生「motto」先生

本書は、カクヨムに掲載の「妹の迷宮配信を手伝っていた俺が、うっかりＳランクモンスター相手に無双した結果がこちらです」を加筆修正したものです。

角川文庫発刊に際して

角川源義

第二次世界大戦の敗北は、軍事力の敗北であった以上に、私たちの若い文化力の敗退であった。私たちの文化が戦争に対して如何に無力であり、単なるあだ花に過ぎなかったかを、私たちは身を以て体験し痛感した。西洋近代文化の摂取にとって、明治以後八十年の歳月は決して短かすぎたとは言えない。にもかかわらず、近代文化の伝統を確立し、自由な批判と柔軟な良識に富む文化層として自らを形成することに私たちは失敗して来た。そしてこれは、各層への文化の普及滲透を任務とする出版人の責任でもあった。

一九四五年以来、私たちは再び振出しに戻り、第一歩から踏み出すことを余儀なくされた。これは大きな不幸ではあるが、反面、これまでの混沌・未熟・歪曲の中にあった我が国の文化に秩序と確たる基礎を齎らすためには絶好の機会でもある。角川書店は、このような祖国の文化的危機にあたり、微力をも顧みず再建の礎石たるべき抱負と決意とをもって出発したが、ここに創立以来の念願を果すべく角川文庫を発刊する。これまで刊行されたあらゆる全集叢書文庫類の長所と短所とを検討し、古今東西の不朽の典籍を、良心的編集のもとに、廉価に、そして書架にふさわしい美本として、多くのひとびとに提供しようとする。しかし私たちは徒らに百科全書的な知識のジレッタントを作ることを目的とせず、あくまで祖国の文化に秩序と再建への道を示し、この文庫を角川書店の栄ある事業として、今後永久に継続発展せしめ、学芸と教養との殿堂として大成せんことを期したい。多くの読書子の愛情ある忠言と支持とによって、この希望と抱負とを完遂せしめられんことを願う。

一九四九年五月三日

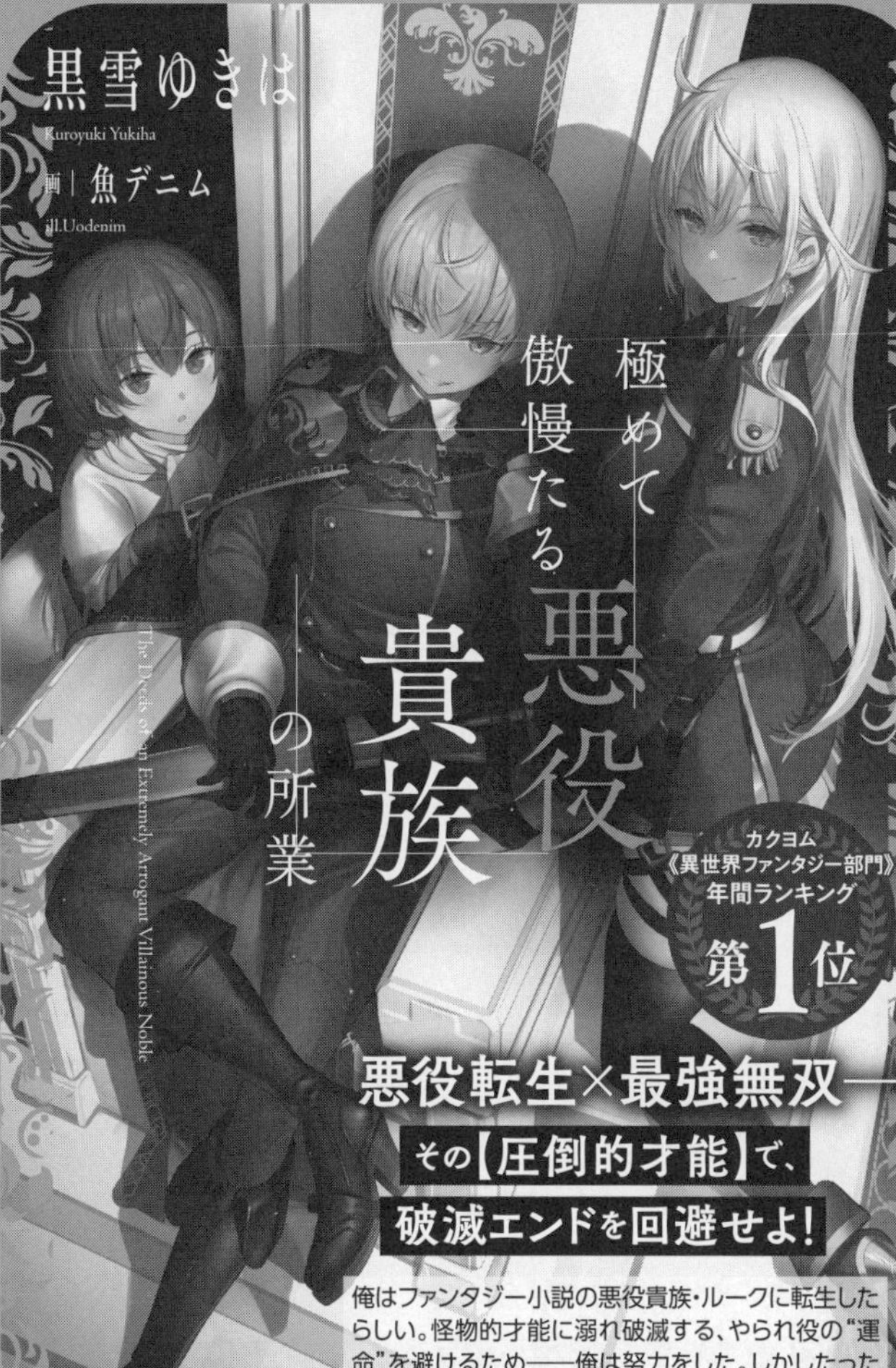
黒雪ゆきは
Kuroyuki Yukiha
画｜魚デニム
ill.Uodenim
極めて傲慢たる悪役貴族の所業
The Deeds of an Extremely Arrogant Villainous Noble
カクヨム
《異世界ファンタジー部門》
年間ランキング
第1位
悪役転生×最強無双――
その【圧倒的才能】で、
破滅エンドを回避せよ！
俺はファンタジー小説の悪役貴族・ルークに転生したらしい。怪物的才能に溺れ破滅する、やられ役の“運命”を避けるため――俺は努力をした。しかしたったそれだけの改変が、どこまでも物語を狂わせていく!!
スニーカー文庫